中公文庫

わたしの良い子

寺地はるな

中央公論新社

目次

十月……7
四月……51
八月……93
十一月……127
十二月……164
三月……205
解説　村中直人　225

わたしの良い子

十月

なぜ。なぜだ。うんざりしながら、靴《くつ》を振《ふ》る。腕《うで》を動かすたび靴の側面がきらりと光ってわたしの目を射《い》る。べつにいいけどちょっとだけ腹《はら》が立つ。

男児向けの運動靴にはたいていこの、稲妻《いなづま》みたいなかたちのリフレクターがついている。もしかしたら女児向け商品にも標準装備《そうび》されているのかもしれないが、わたしは知らない。買う予定のない商品をつぶさに見るほどひまではないからだ。

振っても、振っても砂《すな》が出てくる。なぜ子どもの靴の中にはこんなにも砂が入っているのか。鬼《おに》が棍棒《こんぼう》を振り下ろすように縦《たて》に振っても、あるいは気分を変えてマラカスのように軽快《けいかい》に振ってみても、小粋《こいき》なバーテンダーがシェイカーを振るようにシャカシャカしてみても果てしなく砂が出続ける。

うちの朔《さく》はいったい、どんな靴の履《は》きかたをしているのか。もしかしたらただ履くだけではなく、シャベルがわりに靴で地面を掘り返しているのかもしれない。

手にした靴からまた新たな砂がこぼれた。玄関《げんかん》の扉《とびら》越《ご》しに、アパートの外廊《ろう》下《か》を歩く足音が聞こえる。隣《となり》の部屋の鍵穴《かぎあな》に鍵がさしこまれる音と、その鍵についているらしい鈴《すず》のなる音も。隣は男性のひとり暮らしだ。

１ＬＤＫという間取りの所以《ゆえん》か、このアパートの住人のほとんどは単身者だ。この部屋を借りた時点ではわたしもそうだった。数年前からそうではなくなった。ただし、結婚も出産もしていない。

完全に砂を除去することをあきらめ、三和土《たたき》に広げた新聞紙をまとめた。砂がさらさらと音を立てて、いびつな円をかたちづくる。

照明《しょうめい》を落とした寝室《しんしつ》の扉を、そっと開けた。一時間前には全身を覆《おお》っていたはずの毛布《もうふ》が蹴散《けち》らかされて、布団《ふとん》の端《はし》に追いやられていた。寝入る前の幼児は体温が上昇する。お腹《なか》が冷えないようにとズボンに押しこんだパジャマの裾《すそ》もいつのまにか引っぱりだされて、まるっこい腹部がむき出しになっていた。

指でつまんで裾をおろし、毛布をかけ直す。朔が寝ていると、ほっとする。目を離した隙《すき》に車道に飛び出したりしないか、あるいは熱いお茶の入った湯呑《ゆの》みをひっくり返したりしないか、常に目の端で監視《かんし》する必要がないから。子どもの寝顔が数割増しでかわいいのは、見ている側の安心感と余裕《よゆう》によるものだ、きっと。

眠っている朔が唇《くちびる》をむにゃむにゃと動かしたのをしおに、寝室を出た。ひんやりとした台所の床に座ってビールを飲む。グラスにつがずに、缶に直接口をつけた。だらしない、と母が生きていたら言うだろう。ぺたりと床に座ることも、グラスを使わないことも。

十月の夜には、冷たすぎる。三か月近く冷蔵庫に入れっぱなしだった銀色の缶の感《かん》触《しょく》も、中の液体も。

このビール、どうしたんだっけ。ああ、そうだ、お中元《ちゅうげん》だ。わたしが勤《つと》める会社に届いたお中元とお歳暮《せいぼ》は、すべてバラされてビニール袋に小分けされ、従業員にランダムに配られることになっている。

今飲んでいるのはたしか、今年のお中元のビニール袋に入っていたビールだったはずだ。缶の下で同じく小分けされたクッキーが無残に砕《くだ》けていたことを、ぼんやり思い出す。

文房具《ぶんぼうぐ》メーカーに勤めていると人に話すと、まれに「いいですね！　文房具大好きなんです！　商品の開発とかするんですか？」というような反応がかえってくることがある。でもわたしは入社してからずっと経理部にいるので、開発には携《たずさ》わっていない。

経理というわたしの仕事を、妹の鈴菜《すずな》は「つまんなそうで、お姉ちゃんにぴったり」と言った。就職して最初の年だっただろうか。父も母も「こらこら」とたしなめたが、あくまで「一応」という感じだった。彼らは鈴菜に甘《あま》かった。

わたしは、お姉ちゃんみたいなつまんない生きかたはしない。

五歳年下の妹の言ったとおりになった。わたしが就職した年から四年後に、鈴菜は朔を産んだ。父親が誰《だれ》なのかは、今もって誰も知らない。

わたし、子ども産むから。鈴菜がそう宣言したのは、父の誕生祝《たんじょういわ》いの席だった。その二年前に、母はこの世を去った。祖母《そぼ》と同じ病気で、享年《きょうねん》も同じだった。そういう家系なのかもしれない。

娘《むすめ》ふたりが家を出た後、父はひとり暮らしをしていた。もともと几帳面《きちょうめん》な、おとなしい人で、ひとりになっても生活が荒《すさ》むようなことはなかった。

誕生日には毎年、近所の寿司《すし》屋から出前を取る。鈴菜が買ってきた酒で乾杯《かんぱい》し、わたしが買ってきたケーキを食べる。取り決めたわけではないが、いつの頃からかそういうことになった。子ども産むから、と聞いて、わたしも父も、しばらく無言だった。びっくりはしなかった。かつて「高校辞めるから」とか「整形するから」とか言い出した時のほうがよほど驚いたかもしれない。要するに、鈴菜の突拍子《とっぴょうし》のなさに、わたしはすでに慣《な》れていた。

「結婚するのか」

父もまた、落ちついて見えた。鈴菜が首を横に振ると、咳払《せきばら》いをひとつして「結婚できないような相手なのか、たとえばその、妻帯者《さいたいしゃ》、とか」と質問を重ねた。

鈴菜はそれには答えなかった。

鈴菜が自分の恋人について、わたしに語ったことは一度もない。周囲から伝え聞いた限りでは、自称ミュージシャンとか、自称フォトグラファーとか、過去に大麻《たいま》所持で逮捕《たいほ》されたことがあるとか、どれも笑ってしまうぐらいろくでもなかった。

「ひとりで産むの」

意志が強い、と言えば聞こえはいいが、鈴菜のそれはいつも、わたしたち家族が好まない方向性で発揮《はっき》される。

「もう決めたんだな」

あきらめたように、父が息を吐いた。

「決めた」

整形手術によって得たぱっちりと大きな二重《ふたえ》の目で、鈴菜はわたしと父を交互に見た。

寿司桶《おけ》の中でエビやまぐろが乾《かわ》きはじめていて、わたしはなぜか思い出したようにそれをぱくぱく食べはじめた。よくわからないが、これからたいへんなことになる、ということだけは予想できたし、エネルギーを補給《ほきゅう》しておきたくなったのかもしれない。テーブルの端で頬杖《ほおづえ》をついている鈴菜のお腹はまだぺったんこだった。

ひとりでは、無理だろう。父はぽつりとそう言い、マンションに戻ってくる約束をさせた。

鈴菜のお腹は、日に日に大きくなった。製薬会社の役員をしている父は、日中はいない。マンションでごろごろしているはずの鈴菜からひっきりなしに、帰りにパティスリーなんとかのシュークリーム買ってきて、というようなメールが来ると、父はわたしにぼやいた。ぼやきの体裁《ていさい》をとっていながらもほんのりとうれしそうだった。

母の不在による虚無《きょむ》と孤独《こどく》は、確実に父を苛《さいな》んでいたらしい。鈴菜が戻ってからの父は、確実にいきいきとしていた。「早期退職する気でいたけど、生まれてくる孫のためにまだまだ働かなきゃなあ」などと腕まくりをする始末《しまつ》だった。

そのようにして、朔はこの世に生まれてきた。

大音声の赤ん坊だった。顔を真《ま》っ赤《か》にして、全身を震《ふる》わせるようにして泣く。オギャアなどという生易《なまやさ》しいものではなかった。文字で表現しがたい泣き声があるということを、甥《おい》の誕生によってはじめて知った。

　生後四か月を過ぎた頃から、毎晩夜泣きをした。食べものへの警戒心《けいかいしん》がつよく、離《り》乳食《にゅうしょく》のほとんどを吐き出した。それでも、身体《からだ》は確実に育っていくのがふしぎだった。

　朔が一歳になってから、鈴菜はハローワークに通うようになった。夜泣きによる睡《すい》眠《みん》不足等によるものか、終日赤ん坊とふたりきりである閉塞《へいそく》感によるものなのか、当時の鈴菜は精神的に不安定なところがあり、よくひとりで泣いていた。

　外に出るのはいい考えだと、わたしと父も彼女の職探しを応援《おうえん》した。やがて鈴菜は、市内の沖縄《おきなわ》料理店に採用され、週四日働きはじめた。保育園の送迎は、鈴菜と父が交替でおこなっていた。

　その頃から、父が目に見えて痩《や》せはじめた。病院で検査をしたが「疲労《ひろう》」という診断だった。朔の夜泣きで睡眠時間が削《けず》られるし、抱っこやおむつ替え、さまざまな動作が原因で腰痛《ようつう》も悪化しつつあった。

　わたしも父のマンションに通い、以前より朔の世話を手伝うようになった。おっかなびっくり、幼児食をつくったり、保育園の発表会を見にいったりした。珍妙《ちんみょう》な衣装を着せられた一歳児が歌に合わせてペットボトル製のマラカスを振るだけの、他愛《たあい》ない内容だったけれども。

　朔がわたしにずいぶん慣れた頃、鈴菜がこれまた唐突《とうとつ》に宣言した。

「わたし、沖縄に行くから」

　沖縄でアートを教えている男の人と一緒に暮らす、と言うのだった。

　沖縄で・アートを教えている・男の人。あまりのうさんくささに、めまいを覚えた。鈴菜は言い出したら聞かないから、となんでも許してしまう父も、さすがにこれには怒った。

「やめなさい」

　よく考えなさい、その男は朔の父親じゃないんだろう、だいたいアートってなんだ、食べていけるのか、お前だけならどんな暮らしでも耐《た》えられるかもしれないが、朔はどうする気だ、お前この子に不自由な思いをさせないと約束できるか？　やめておきなさい。そう父に諭《さと》された鈴菜は翌週、朔を置いて出奔《しゅっぽん》したのだった。

「落ちついたら、朔を迎えにいく。だからしばらくよろしく」

　鈴菜からの電話を受けたのは、わたしではなく父だった。土曜日のことで、ちょうどわたしも呼び出されてその場にいた。朔は二歳になったばかりで「ママ、ママ」と顔を真っ赤にして泣いていた。

「バカなことを言うな」

受話器をつかんで怒鳴っていた父が、突然胸を押さえてうずくまった。そして、そのまま入院になった。検査の結果、心臓《しんぞう》の病気が判明した。

以前に体調不良を訴《うった》えた際に「疲労」と診断されたせいで、かえって油断していたのかもしれない。病院のベッドに横たわる父のやつれた寝顔を見守るわたしの膝《ひざ》の上で、朔はいかにも居心地悪そうに尻を左右に動かしていた。

当面はわたしが朔を預かることになるだろう、と思い、その日はわたしのアパートに朔を連れて帰った。夜になると朔はまた「ママ、ママ」と泣いたが、じきになにも言わなくなった。

「当面」が、それから今日まで続くことなど、その時は考えてもいなかった。朔は来年、小学生になる。

「おばちゃん、おれ朝ごはん、いらない」

朔が皿を押しやったので、びっくりした。もともと食が細い朔は、とくに朝はほとんど食べられない。三十分かけて、ロールパンの半分をようやく牛乳で流しこむ程度だ。だから朔が朝食に手をつけないことには慣れている。びっくりしたのは、その一人称のほうだ。

「おれ？」

眠そうに目をこすっている朔から、目が離せない。

「おれって言ったよね今、ねえ」

たしか三歳頃まで、朔は自分を名前で呼んでいた。うまく発音できなくて、しゃく、しゃく、と言っていたが、ある日突然「ぼく」になった。

それが今朝いきなり「おれ」へと華麗《かれい》に進化した。進化というのか、なんなのか、よくわからないが、とにかく。

保育園の他の子たちが、そういう言葉を使っているのかもしれない。先月の個人面談で担任の保育士に「他の『おともだち』と遊ぶ時もありますけど、基本的にひとりでいることが多いです」と、眉《まゆ》をひそめて報告されたばかりだった。

わたしも保育園時代はそれほど社交的ではなかったので、とくに気にしていなかった。しかし、一人称について影響《えいきょう》を受ける程度には周囲との接触はあるらしい。それならまあ、心配することもないだろう。おれ。慣れるまでしばらく時間がかかるかもしれないが。

朔のオムレツの皿にラップをかけ、自分のトーストを飲み下す。

「残してもいいの？」

「いいよ、夜わたしが食べるから」

「おじいちゃんが、ごはんは残したらだめって言ってたよ」

先週の土曜日に、朔は父のもとに一泊《いっぱく》した。高雄《たかお》がこっちに帰ってくるというから、預けたのだ。

まだ月に一度病院に通っているし薬も飲んでいるが、父の健康状態は今のところ落ちついている。

高雄とつきあって六年になるが、そのうちの四年以上はいわゆる遠距離恋愛というやつをやっている。今は大阪《おおさか》だが、その前は福岡《ふくおか》にいた。

朔は、ファミリーレストランのお子さまカレーセットを食べきれず、父から「いっぱい食べなきゃ大きくなれないぞ」と言われたことを気にしているらしい。

「むりやり食べるくせをつけるほうが、身体に悪い」

「そうなの？」

朔はのろのろと牛乳を飲んでいる。大きな目と長く濃いまつげは、鈴菜の元の顔にもわたしにも似ていない。すんなりと細長い手足も。

「トイレ行っておいで」

朔を急《せ》き立て、台所へ皿を運ぶ。このアパートは駅に近くて、古いけどそこが気に入っている。でも朔が通う保育園は最寄り駅とその次の駅のちょうど中間地点にある。毎朝まず、自転車で朔を保育園に送り届けてからアパートに戻り、あらためて電車で出勤するしかないのだ。

アパートのドアを開けたらつめたい風が吹きこんで、反射《はんしゃ》的にドアを閉めそうになった。

ひと雨ごとに寒くなる。すこし前まで手を伸ばしたら触れられそうだった雲が、もうずいぶん高いところで空に模様《もよう》を描《えが》いている。

朔のアウターを買い替えてやらなければならない。去年の秋冬に着せていたものはもう、とっくに小さい。

自転車のシートに朔を座らせていると、アパートの向かいの家の戸が開いた。ゴミ袋を手にした大家さんが姿を現す。キャンキャンと吠《ほ》える声が聞こえて、戸が閉まると遠くなった。たしか大家さんの家にはプードルなのにパグ美《み》という名前をつけられている犬がいた。

「おはようございます」

「はい、おはようございます」

大家さんのことを、わたしは勝手に「マダム」と呼んでいる。むろん、心の中でだ。常にアップにした髪型と、真夏以外は常に羽織《はお》っているショールと、紫《むらさき》色のグラデーションの眼鏡《めがね》と、それからゆったりとした動作のせいでいかにもマダム然として見える。

「朔ちゃん、おはよう」

朔は答えない。うつむいて自分の靴の側面のリフレクターをいじっている。

「あら、恥《は》ずかしがり屋なのね。うちの息子《むすこ》がこれぐらいの歳《とし》の頃は、自分からしっかり挨拶《あいさつ》できてたけどね」

「そうですか、優秀な息子さんなんでしょうね」

たしか三十一歳、わたしと同い年だったはずだ。

大家さんはよく「悪い虫がつかないか心配」と言うので、息子さんはたぶんまだ独身なのだろう。息子さんの幼児期の（自慢《じまん》）話はよくするが、現在の息子さんの話はあまりしたがらない。

息子さんはこのへんにお住まいなんでしたっけ、などとわたしが問うと滑稽《こっけい》なほど警戒しまくって「いいえ、いいえ、たいしたところじゃないのよ」とごまかす。たぶん「悪い虫」に、わたしも含まれているのだろう。アパートの大家さんを心の中でマダムと呼んで楽しんでいるのは、たしかに善人の所業ではない。

大家さんがゴミ袋を握《にぎ》ったまま、駅裏のスーパーのさんまの値段《ねだん》について話しはじめる。ああそうですか、ええ、といいかげんな相槌《あいづち》を打った。朝の数分間は昼や夜のそれよりもずっと貴重な時間だ。その他人の数分間を奪っている自覚がないというのは、すごいことだ。

ちらちら腕時計を見ていると、朔がわたしの袖《そで》を引っぱった。

「おばちゃん、虫はいった」

「え、どこに」

ここ、と朔が口を大きく開けるが、なにも見えない。

「吐き出しなさい」

ティッシュを差し出し、それをきっかけにようやく自転車にまたがることができた。

「じゃ、そろそろ行きますね」

「小山《こやま》さんは、朔ちゃんに自分のこと『おばちゃん』って呼ばせてるの？」

会話を打ち切りたいわたしの意向を汲《く》むことなく、大家さんが新たな質問を投げかけてくる。なぜか、眉間《みけん》にぎゅっと皺《しわ》が寄っていた。

「ええ、そうです。伯母《おば》なので、おばちゃんです」

「いやだわ。だって小山さんってまだ若いのに……」

「伯母なので」

「小山さんがおばちゃんだったら、私たちなんかどうなるのよ。化石？」

「いや化石って。あの、ですから……まあいいや、時間なんで行きますね」

大家さんの家から、キャンキャンキャンキャンキャン、と悲痛な声が聞こえてくる。

時間がない。時は金なり。タイムイズマネー。どっちでもいいがとにかく、もうわたしたちを解放しておくれ、マダム。

「パグ美ちゃんが呼んでますよ！　じゃあ行ってきます！」

大家さんが家を振り返った隙に、いきおいよくペダルを踏《ふ》んだ。

曲がり角にさしかかったあたりで、もしかしたら大家さんの犬はパグ美じゃなくてパグ恵《え》だったかもしれないと思った。しかし、呼んでしまったものはもうどうしようもない。

自転車のスピードを上げると、体温もぐんぐん上昇していく。でも耳は冷たいままだ。

朔は喋《しゃべ》らない。ヘルメットが嫌《きら》いなので、自転車に乗る時はいつもちょっと不機嫌《ふきげん》になる。

　いやだわ、って言われても困るんだよな。ペダルをガッガッと音を立てて踏みながらため息をつく。伯母だから、おばちゃん。それだけのことではないか。でも「おばちゃん／おばさん」という呼称を嫌がる人は、たしかにとても多い。会社の先輩《せんぱい》も甥や姪《めい》に「めぐちゃん」と名前で呼ばせていると言っていた。

　学生時代、ホテルの配膳《はいぜん》スタッフのバイトをしていた。そこで働いていた四十〜六十代の女性たちはたくましくて、かっこよかった。いろんなことを知っていた。

　香典袋《こうでんぶくろ》の書きかたとか、野菜の保存のこつはぜんぶ彼女たちに教わった。仕事と、家事と、家族の世話と、いくつものタスクを同時にこなしながら生活していた。賢者のように物知りで、勇者のようにたくましかった。

　わたしにとってはだから「おばちゃん／おばさん」という呼称に否定《ひてい》的な意味合いはけっしてないどころか、尊敬《そんけい》を含んでいる。でも、だからと言って「フン、いいだろべつに、気にするほうがへんだよ」で済ませていい問題ではないこともよくわかる。気にする人の気持ちはわからないが、わからないからこそ、ないがしろにしてはいけないのだ。

　ただ、おばちゃんと呼ばせることには明確なメリットがある。わたしが朔の母親ではないことを一発で周囲にわからせることができる、という点だ。

朔ちゃんのママは、と話しかけられるたびに「わたしは母親じゃないんです」と訂《てい》正《せい》するのは面倒なことだ。

もういっそ母親だということにしてしまったほうが楽な気もするが、他ならぬ朔自身がそこを曖昧《あいまい》にはしない。「ママ／お母さん」と呼びかけるべき相手が、他にいるからだ。わたしのことお母さんって呼んでくれる？　なんて言ったら、なんで？　と混乱《こんらん》するだろう。だって、お母さんじゃないんだから。

「朔。ちょっと『おばちゃん』に代わる呼びかたを考えよう」

「なんで？」

なんで、うん、そうだよなあ、と口ごもった。

「誰かがつまずくかもしれない石を、あらかじめ取りのぞきたい、みたいな感じ」

答えると同時に、保育園に到着した。玄関前で園児を迎えていた保育士のゆり先生が「朔ちゃーん！」と高い声を上げる。

「おはよう！　今日、運動会の全体練習だからね！　がんばろうね！」

朔はうつむいて、運動靴の底を地面になすりつけるような動作をする。わたしとゆり先生とのあいだにびりびりとした緊張《きんちょう》が走った。

昨日、連絡帳《れんらくちょう》に「運動会のダンスの練習の時、朔ちゃんはいつもひとりだけぽんやり突っ立っています」と書いてあった。

去年もそうだった。本番ではちゃんとやるかも、と淡《あわ》くそして根拠《こんきょ》のない期待をしていたが、当日の朔はやはり楽しそうに踊《おど》る園児の傍《かたわ》らで、あらぬ方向を見つめていただけだった。

なんで踊らないの、と訊《たず》ねても明確な回答は得られない。本人にもわからないのかもしれない。

「がんばろうね！」

再度元気に声をかけるゆり先生の明るさに感動する。しかしながら、朔はゆり先生のこういうところに臆《おく》してしまうのだろうと、へんに納得もする。

ゆり先生がいけないとか、そういうことではない。ゆり先生の全身から放たれる保育園的なすべてのものが朔を萎縮《いしゅく》させているのだ。

朔の気持ちもわかる。わかってはいけないのかもしれないが。たとえば「盛《も》り上がって行こうぜ！」と言われたら「あ……はい……」と萎《な》えてしまうようなところがわたしにはある。そういうタイプの人間は「ノリが悪い」と評価されるし、ノリの悪い人間は集団生活には向いていない。

道の反対側から、スーツを着た背の高い男が歩いてくる。その手は保育園指定のスモックを着た女の子の手と繋《つな》がれている。

「あ」

「あ」

男のほうと目が合って、同時に声を上げた。

「小山さん、だよね」

「静原《しずはら》くん」

中学・高校と同級生だった、静原だ。背が高くて、水泳部に入っていた。高校ではたしか生徒会の副会長だったか書記だったかをやっていた。東京《とうきょう》の大学に行ってそのまま就職したと聞いたが、こっちに帰ってきたのだろうか。同窓会の類《たぐい》に一切出席しないわたしにはわからない。

「先月、転勤でこっちに戻ってきたんだよ」

「へえ」

「小山さんと同じ保育園とは思わなかった。あ、今は小山さんじゃないよね」

びっくりするほど、静原は「あの頃」のままだった。たしかに歳は取っている、それでも静原のままだった。静原と書いてさわやか、静原と書いてかっこいい、そんな雰囲気《ふんいき》のまま。

「小山のままだよ、結婚してないから」

静原が「え、嘘《うそ》でしょ」と顔を引きつらせる。結婚をせずに子を産む人は世の中にはたくさんいるはずなのだが、それを「嘘でしょ」とは、いったいなにごとか。

鈴菜もまた、こういう体験をしてきたのだろう。

中学の頃わたしは男子から「ボス猫《ねこ》」というあだ名をつけられていた。クラス内でボス的な立場にいたわけではないのにそんなふうに呼ばれていたのは、近所の野良《のら》猫集団のボスに似ていたからだ。いったいどんな猫なのかと気になって見にいった。顔の側面に大きな傷《きず》のある、異様に目つきの悪い、ふてぶてしい猫だった。わたしはこいつに似てるのか……と絶望した当時の自分は、さすがにまだまだ乙女《おとめ》であった。

乙女であった時代が、わたしにもある。その事実を、飴玉《あめだま》を口の中で転がすようにしみじみ味わっていると、静原の後ろからきれいな女の人が歩いてきた。どうやらこの人が妻らしい。

「あ、この人さ」と、静原が妻の背中に手を添《そ》える。

「地元じゃないから、ぜんぜん知り合いとかいないんだよね。よかったら仲良くしてやって」

「……よろしくお願いします」

静原の妻は華奢《きゃしゃ》な身体つきをしていて、髪が長く、色が白い。ぶれない男だと感心せずにはいられない。中学の頃から、静原の歴代の彼女は皆こういう外見だった。ひとりをのぞいては。

静原の娘は、母親に似ている。今のところは。子どもの顔は変わるから。でも静原に似たとしても、たいそうな美人に育つことだろう。この子も年長クラスだ。クラス別の帽子《ぼうし》の色が、朔と同じだから。

「あ、小山さんのお子さんは男の子なんだね」

玄関で脱いだ靴に靴下を押しこんでいる朔を見やった。保育園の中では裸足《はだし》で過ごすこと、というルールがあるのだ。

「ああ。男の子だけど、わたしの子どもじゃないよ」

え、と静原が呟《つぶや》く。どういうこと？　という顔をしているが、くわしく説明する時間がない。じゃ、と片手を上げて自転車にまたがった。

また必死にペダルを漕《こ》ぐ。どこからか漂《ただよ》ってきた乾いた土の匂《にお》いが鼻先を掠《かす》めて、ほんのすこしくすぐったかった。

ランドセルはこっちで買うから。

歌うように言った鈴菜の声に、波の音が重なったような気がした。気がしただけだ。沖縄イコール海、という強烈《きょうれつ》なイメージがわたしの中にあるせいで、そんなふうに聞こえる。

「ランドセル、を、買う？」

注意深く、復唱《ふくしょう》した。鈴菜の返事はない。わたしの視線の先では、朔がブロックのバケツを豪快《ごうかい》にひっくり返している。

あれはいけない。毎回片づけるのに難儀《なんぎ》するし、たいてい回収しそこなったブロックのパーツを踏むことになる。はじめてあれを踏んだのは夜中トイレに起きた時で、あまりの痛みに忍者《にんじゃ》がまきびしでも撒《ま》いていったのかと思った。

月に一度、鈴菜はこうして電話をかけてくる。たいていは、わたしの口座にお金を振りこんだ後だ。もちろん、朔のためだ。いちおう、朔の母親であるという自覚はあるらしい。

数万円の時もあれば、数千円の時もある。アルバイトはいくつかしているようだが、収入が安定していない。振り込み額《がく》が少なければだいじょうぶなのかな、と不安になるし、多ければそれはそれでだいじょうぶなのかな、と気になる。むちゃをしているのではないかと、気が気ではなくなる。

件《くだん》の「アートを教えている」男と、今も一緒に暮らしているのかどうかすら、わたしにはわからない。鈴菜はその話になるといつもはぐらかすから。

「ランドセルは、お父さんが入学祝いに買うって言ってくれてるから」

本人にだって好みがあるだろう。一緒にお店に行って、好きな色を選ばせてやりたい。

「じゃあわたしは、朔になにを買ってあげたらいいの？」

鈴菜の声が、不機嫌に尖《とが》る。

「鉛筆《えんぴつ》とか」

「もっと、朔が六年間ずっと使うものがいい」

「じゃあ、上靴《うわぐつ》入れとか」

指定があるらしいの、ひもの長さとか名前を書く位置とか、こんど入学説明会っていうのがあるらしくてね、というわたしの話を「ああ、もう、わかったわかった」と途中で遮《さえぎ》った。

説明、というもの全般が、鈴菜は苦手だ。基本的に長い話を最後まで聞けないし、家電の説明書も読まない。

「なんか、もうお姉ちゃんは完全に朔のママだね」

鈴菜の声はみょうに平べったく、それがどういった感情から発せられたものなのか、わたしにはわからない。

「もう一回、朔にかわってよ」

朔。名を呼ぶと、朔は手を伸ばして、スマートフォンを受け取る。

君には才能がある。「アートを教えている」男は、鈴菜にそう言ったらしい。流木《りゅうぼく》やらシーグラスやら貝殻《かいがら》やらを拾ってはオブジェを制作しているという男。鈴菜が勤めていた沖縄料理の店に、男は「作品」を年に数回、納品しに来ていたらしい。

資金を貯《た》めて、こっちでカフェをやろうと思ってるんだよね。お店にはわたしと、先生の作品を飾って。鈴菜はそんなふうに、将来の展望を語る。ペーパークラフトのお城《しろ》みたいに、軽くて薄い展望。

今はまだ余裕がなくて無理だけど、いずれ朔をこっちに呼ぶつもり。こういうのびのびしたところで暮らすほうが、きっと幸せだもの。そうも言う。今の朔がまるで、幸せではないかのように。

いずれ。いずれ。そう言い続けて、今日まで来た。

「うん。ママ、バイバイ」

朔が言って、スマートフォンをわたしに差し出した。

「もしもし、鈴菜」

電話はすでに切れていた。つーという無情な音が、鼓膜《こまく》を打つ。

机の上に積まれた経費精算書の量に、二度見ならぬ三度見をしてしまった。金曜日に退社した時には机の上はすっきりしていたはずなのだが、ペン立てのペンも微妙にとっちらかっているような気がする。

「ああ、部長がハサミさがしてたから、小山さんが持ってると思いますよって俺が言ったの」

隣の席に座る杉尾《すぎお》が言う。わたしの机、ということにいちおうなってはいるが、プライバシーなんぞあってないようなものだ。部長はあれがないこれがないと言っては勝手にこの机の抽斗《ひきだし》を開けては、ペンや常備しているお菓子《かし》をぶんどっていく。

「くそう、部長め」

労働力のみならず私物のペンやお菓子まで搾取《さくしゅ》されるとは、なんたることか。杉尾も杉尾だ。「小山さんが持ってると思いますよ」じゃないだろ。

今日は有休をとっている部長と隣の杉尾への呪詛《じゅそ》を指先にこめたら、むしろ仕事がはかどった。午後までかかると思っていた経費精算書の入力が、午前中に終わりそうだ。でもあまりうれしくはない。

昼休みのチャイムが鳴った。首をこきこきと鳴らしていると、杉尾が「小山さん、今日弁当？」と声をかけてくる。

「違うよ。今から買いに行く」

「え、残念」

「なんで」

「小山さんの弁当おもしろいから」

料理はけっして、嫌いではない。でも何種類もおかずをつくってちまちまと詰《つ》めなければいけない弁当は正直言って苦手だ。保育園に給食があってほんとうによかったと思っている。それでもいちおう、遠足や運動会などで朔に持たせる弁当はがんばっているつもりだが、毎日の自分の弁当はどんどんいいかげんになっていく。

「このあいだのあのほら、ごはんにどーんと切ってないたまごやきがのってるやつ、ワイルドだったよね」

「焼くだけで精一杯だったんだよ、あの日は」

「あとほら、でっかいおにぎりにきんぴらごぼうと鶏《とり》のからあげが入ってるやつ。こんど写真撮《と》らせてよ、奥《おく》さんに見せたいから。もうぜったい大笑いするから、あの人」

「他人の弁当見て笑う夫婦《ふうふ》ってどうなのかね」

「仲良しでしょ」

「わたしはあさましいと思うよ」

あさましい、とまで言われているというのに、杉尾はまるで頓着《とんちゃく》せぬ様子で、鼻歌まじりにかばんから取り出した弁当の包みをほどいている。紺《こん》と白のギンガムチェックのクロスに包まれた弁当箱の蓋《ふた》をあけると、ブロッコリーや鮭《さけ》の塩焼きやたまごやきが彩《いろど》りよく詰められていた。

「言っとくけど、俺たちべつに小山さんのことバカにしてるわけじゃないからね」

「バカにする気じゃなく『弁当の写真撮らせて』とか言うほうが、むしろこわいんだけど」

「だってうちの奥さん、小山さんの話するとすごい喜ぶんだよ。おもしろい人ねーって、笑ってくれるの。やっぱ自分の奥さんには笑っててほしいじゃない？」

「……ああ、うん、うん」

だんだん、どうでもよくなってきた。

「あ、そうだこんど会ってやってよ。女子会しなよ。うちの、専業主婦だからひまなんだよ」

わたしはひまじゃない。それに「仲良くなれると思うんだけどなあ」と杉尾は言うが、料理教室と製菓教室にダブルで通っており、花と雑貨とカフェをこよなく愛しているらしい杉尾の妻がわたしと仲良くなりたがるとはとうてい思えなかった。それに、専業主婦だからひまだ、という理屈もよくわからない。そんなことはないだろう。

「あのさ、専業……」

言いかけたところで扉が開いて、穂積《ほづみ》が顔をのぞかせた。小山さん、と呼びかけてから、杉尾とわたししかいないのに気づいたらしく「椿《つばき》、今日ってお弁当？」と下の名で呼び直す。お弁当という言葉に反応して杉尾がまたにやにやしはじめたが、穂積は他人の弁当を笑うような女ではない。なににやついてんだこいつ、とでも言わんばかりに、杉尾につめたい視線を浴びせた。

「六百円でたらこパスタ山盛り食べさせる店見つけたから行かない？」

「行く」

財布《さいふ》とスマートフォンを入れたバッグをつかんで立ち上がる。背後で杉尾が「三十歳の女がパスタ山盛りって」と呟いていたが、穂積はそれにたいしてもなんら返答をしなかった。

「杉尾ってナチュラルに失礼な時あるよね」

「バカなのかもしれないね」

入社した時、同期は男女合わせて八名いた。でも会社に残っているのはわたしと杉尾と穂積の三人だけだ。結婚や出産、人間関係のもつれ、あるいはより良い職場を求めて転職するなどして、ひとりまたひとりといなくなってしまった。

同期のよしみで、以前はよく三人で会社帰りにごはんを食べたりもしていたが、今ではそんなこともなくなった。わたしには朔がいるし、杉尾は結婚した。

「杉尾から弁当の写真撮らせてくれって言われたんだけど。奥さんに見せたらうけるからだって」

「愛妻家だね」

穂積がフッと息を吐いて、顎《あご》を上げる。

「ところで、そこはどんな店？」

これ以上杉尾の話を続けても、なんのメリットもない。

「歩いて三分ぐらいかな。このあいだおつかいに行った時見つけたの。老夫婦で経営してる喫茶店《きっさてん》」

蛍光灯《けいこうとう》の切れかけた廊下を歩きながら、たまにはいいよね、と自分を許す言葉を呟いた。たまのお昼に、外食するぐらい。ぜいたくと言えば、そうだけど。

「いや、わかるわ、その気持ち」

穂積がわたしを見上げる。わたしはとくべつ背が高いわけではないのだが、穂積がとくべつ小さいので、どうしてもそうなってしまう。

「値段の問題じゃないんだよね。外食ってさ、ぜいたくなんだよ」

ただ座っているだけで、他人がつくってくれた料理が、目の前に運ばれてくる。そして食べ終えたあと、その食器は、これまた他人が下げてくれて、洗ってくれる。

「じつはものすごいことだよね、これは」

穂積は十八歳からひとり暮らしをしている。恋人と同棲《どうせい》していた時期もあったようだが、今はひとりだ。そういえば、件の同棲相手が外食を嫌う、と以前ぼやいていたことがあった。

「部屋でのんびり食べたいんだってさ。のんびりできるのは料理も後片づけもしないてめえだけなんだってことが、なんでわかんないのかね」と。

裏通りの、雑居ビルの一階にその店はあった。扉の脇《わき》に「ミックスサンド　六百五十円」などと手書きのはり紙がしてあるだけで、看板《かんばん》も出ていない。メニューはなく、壁《かべ》に手書きでべたべたと「ウインナコーヒー」「コーラフロート」などと書かれた短《たん》冊《ざく》がはられていた。窓際に飾られた造花は色褪《いろあ》せ、テーブルの白いペンキがはげかけている。昭和で時がとまっているかのような雰囲気に料理の味も危《あや》ぶまれたが、運ばれてきたたらこのパスタはものすごくおいしそうだった。

　山盛り、と穂積が表現したとおり、皿の上にうずたかく盛られた淡いピンク色の山のてっぺんにきざみ海苔《のり》がこれまたどっさりとかかっている。

「まいったよ、オサムがさあ」

　フォークでその山を崩《くず》しながら、穂積が言う。ふわり、と湯気《ゆげ》が立ちのぼった。

「ごめん、オサムって誰だっけ？」

　兄弟の誰かだったか、それとも件の外食が嫌いな同棲相手の名だったか、はたまた新しく知り合った誰かなのか、申し訳ないがまったく思い出せない。

「太宰《だざい》のオサムだよ」

　太宰の他にどんなオサムがいるっていうのよ、ああん？　と穂積は顎を上げるが、いっぱいいるよ、としか答えようがない。手塚《てづか》とかぼんちとか。

「わたしの中じゃあオサムといったら太宰と決まってんだよ」

　穂積がテーブルをばしっと叩《たた》く。

「わかったよ、でオサムがどうしたの」

「うん、オサムってば小説に『私だって、二十八のおばあちゃんですし』とか書いてんだよ、おかしくない？」

おかしくない？　と穂積が言っているその短編は、わたしも昔読んだことがある。皮膚《ひふ》に赤いぶつぶつができて云々《うんぬん》、みたいなやつ。赤いぶつぶつの描写が秀逸《しゅういつ》すぎていっそ不快にすらなる、すごい短編。

「ねえ椿、オサムは二十八歳の女はもうおばあちゃんだと本気で思ってたの？　それともそういう時代だったの？」

「知らないよ。二十八歳ぐらいの女の人はきっとそういうこと言うんだろうなってオサムが想像して書いたんじゃないの」

「自虐《じぎゃく》みたいな？」

「自虐になってないけどね、わたしから見たら」

おばあちゃん、と呼びかけられるに相応《ふさわ》しい年齢《ねんれい》まで生き延びたのならおおいに誇《ほこ》るべきことだ。二十八年しか生きていないのに「おばあちゃん」を自称するとは、いくらなんでも図々しいのではないか。文字通り五十年はやい、調子にのるなと罵倒《ばとう》されてしかるべきではないだろうか。

「そうかなあ。椿はちょっとずれてるからね、世間の女と」

「ずれてないよ」

　ずれている、と言うなら、穂積だってそうではないのか。太宰治をオサム呼びなら、坂口《さかぐち》の安吾《あんご》のことも下の名で呼ぶのか。いやそれはべつにずれていないのか。坂口は、より安吾は、と呼ぶほうがしっくりくる。安吾あっての坂口だ。では檀一雄《だんかずお》は？　ぜったいにフルネームで呼んでほしい。きゅうに一雄と言われてもオサム同様に「誰？」となる。ならば織田作之助《おださくのすけ》は、と思いかけてやめた。きりがない。

「まあでも、ずれてるからできるんだよね」

　できるってなにを、とは問い返さなかった。

　朔のことだろう。朔を預かってから、いろんな人に言われた。なんであなたが、と。たとえば、鈴菜が死んだとか、病気などのやむを得ない身体的（あるいは精神的）な事情があるとか、もしくはわたしが自分の子を産めない身体的な事情を抱えているとか、そういうことではないと知ると、ますますふしぎが深まるらしい。なんで、なんで、とほとんど怒っているような調子で身を乗り出す。

　他人はいつも、物語を欲する。自分が納得できる物語を。

　子どもを放り出して南の島でわけのわからない男と暮らしている女はみんなが納得する「良い母親」ではないし、わたしが朔を育てていることは「良い母親としての責《せき》務《む》を放棄《ほうき》した女の無責任な行為をむしろ支援する行為」であるように受け止められもする。

「そもそも椿が朔くんを育ててることを、高雄くんはどう思ってるの？」

高雄、と繰《く》り返したら、口の中に苦いものが広がった。結婚の話はもちろん何度もしてきたが、お互いの仕事やらなにやらに忙しく「まあそのうち」と言い合っているうちに、高雄が福岡に転勤になり、こんどは大阪に転勤になった。いずれ話し合わなければならない、と言い合いながらも、忙しさにかまけて、問題を放置している。でも、それを穂積に言及されるいわれはなかった。

「ねえ、この先ずっとは、無理だよね？」

穂積が首を傾《かし》げて、なおもわたしの顔をのぞきこむ。

「無理って？」

「朔くんが成人するまで、面倒見続けるの？　自分の人生犠牲《ぎせい》にして？」

え、と口ごもりながら、へんだ、と思った。いつもの穂積らしくない。こんな刺々《とげとげ》しいものの言いかたをするなんて。

「犠牲ってなによ」

「犠牲は犠牲でしょ。べつに椿を責めてるんじゃないよ、たいへんでしょって言ってるんだよ。だってこのままじゃかわいそうだよ、母親と離れて暮らしてる朔くんも、椿も。だいたい妹さん、無責任じゃないの？　子ども産んだ責任をちゃんと果たさせ……」

「責任を果たす、って具体的にどうやるの」

話を遮って申し訳ないが、こちらはもうすでに何度も何度も他人に言われている。

「沖縄にいる鈴菜のところに『お前が産んだ子どもなんだから責任持って育てろ』って送りつけるのが正解なの？　他人の思う正解に添うようにわたしは生きてかなきゃならないのかな。子どもってみんな母親のものなの？　あのさ、朔には朔の人生があるんだよ。母親と一緒にいたら朔は無条件に幸せになれるって、穂積は本気で思ってるのかな」

カウンターの奥の老夫婦が心配そうにこちらを見ている。フォークを置いた穂積が、両手でぴっちりと顔を覆った。

「ごめん、穂積。大きい声出して」

「違う、ごめん。わたしこそ」

穂積は顔を覆ったまま、幼児がいやいやをするように首を振る。

「わたしが口出すことじゃなかった。わかってたのに」

そのとおりだ、と思った。思っただけ。本人がすでに痛いほどわかっているであろうことを、わざわざ言う必要はない。

「いいよ。穂積らしくないな、とは思ったけど」

自分は自分。他人は他人。穂積はそういう考えかたをする人だと思っていたが、違ったのだろうか。

「ちょっといろいろ混乱してて」

「なんかあったの？」

「……あると言えばあるし、ないと言えばない。せっつかれたり焦《あせ》ったりさ」

仕事とか結婚とか出産とか将来。いっぺんに考えると混乱してきてさ、と言う穂積の声は、うめき声に近かった。

「いっぺんに考えるからだよ」

「だって」

「いっぺんに考えたら、誰だって、どんな内容だって、混乱するよ」

穂積にも、あるのだ。わけがわからなくなってしまう、というようなことが。腹は立たなかった。生きていれば、いろいろある。どんな女にも、男にも。大人にも子どもにも。

「わたしも穂積も、世間の女だよ」

「そうかな」

「そうだよ。世間を生きてる女なんだから。ずれてる、っていうのは穂積が、標準モデルがいると仮定してるからでしょ。でもほんとは、いないんだよ。そんなのどこにも」

「そうだね」

そうだよね。もう一度言って、穂積はフォークを持ち直した。

「食べようよ、ね」

穂積の、すこし赤くなった鼻の頭と目もとには気づかないふりをした。

朔が運動会の練習から遁走《とんそう》した、と聞かされたのは、その日の夕方のことだった。迎えに行った玄関先で、ゆり先生に切々と訴えられた。

「音楽が流れ出すと同時に、すごいいきおいで走って行っちゃって」

「ハア」

大人が自分のことを話している時、朔はいつも居心地が悪そうだ。靴を履いたり、また脱いだりする姿を横目でとらえつつ、わたしはゆり先生に向かって数回頷《うなず》いた。

「急いで追いかけたら、朔ちゃん、地面を見つめてました」

「地面、を」

「はい。声をかけても、まったく反応しなくて。なんかこう、朔ちゃんワールドに入っちゃってて」

「朔ちゃんワールド」

うっかり笑いそうになって、腕の内側をつねって堪《こら》えた。ゆり先生はほんとうに困っている。そして本来、ここは保護者としておおいに謝るべき状況だ。しかし「サクチャンワールド」という響《ひび》きがみょうにおかしくて、どうしても肩が震えてしまう。

「すみません」

いいえ、とゆり先生は首を振り、それからことさらに声をひそめて「やっぱり、さびしいんでしょうか」と眉を八の字にした。

「さびしい、とは」

ママと離れてるから、と言う時の声はもうほとんど「ウィスパーボイス」と表現したくなるぐらいの音量だった。わたしもついつられて、ものすごく小声になってしまう。

「ほんとうに、すみません」

協調性のない子でほんとにすみません、という謝罪を、何度してきただろう。謝ることはべつに苦ではないのだが、朔になにをどう伝えればいいのかがわからない。「みんなが踊ってるんだから踊らなきゃだめだよ」と言うのは、どうにも抵抗がある。だってわたしが子どもの頃、母は「みんなが持っている」という理由で文房具やおもちゃを欲しがるたびに「みんなが持ってるから欲しいの？　うちはうち、よそはよそでしょ」と額《ひたい》に青筋を浮《う》かせていたではないか。あんたみんなが死んだら死ぬわけ、などと実に嫌なことを言って追いつめてきたではないか。みんながやってるから、なんて理由にならないんじゃなかったのか。

他のことならば、理由を説明できる。たとえば毎日歯磨《はみが》きをするのは虫歯を防ぐためだ。自分が納得できる理由がある場合はわたしも言葉を尽くして説得するが、「なんとなくそういうことになっているから」という理由で朔にダンスを強制することはできない。

「あとでちょっと、話してみますね」

ゆり先生を困らせてはいけないから、で、いけるだろうか。しかしそうすると、踊りたくない朔の気持ちはいったいどうなってしまうのか。わからない。むずかしすぎる。「他人の気持ちを尊重する」とは、口で言うほど単純なことではないらしい。

　朔の手を引いて、保育園を後にした。

「ダンスの練習の時、地面になんかいたの？　虫とか」

「地面？　なに？」

　朔はもう、昼間のことを覚えていないようだった。

「ダンス、嫌なの？」

　質問を変えてみたが、返事はない。恥ずかしい？　めんどくさい？　かったるくてやってらんねえって感じ？　自転車で走りながらさまざまな言いかたを試してみたが、反応は変わらなかった。

　自分でもなにがどう嫌なのか、はっきりわかっていないのかもしれない。

　やっぱり、さびしいんでしょうか。ゆり先生の言葉がよみがえる。わたしの存在は人々にとって、あくまで「母親の代用品」でしかないのだと、あらためて思い知らされる。

　わたしの、伯母としての愛情は、母親のそれに劣《おと》るものなのだろうか。

　わたしや朔は「かわいそう」なんだろうか。「やっぱり」、「さびしい」者たちなのだろうか。

　ほんとうに？

「おばちゃん、おなかすいた」

朔から背中をつつかれた。大家さんにおばちゃん呼びについて苦言を呈《てい》されたことをまた思い出す。

「帰ったらすぐごはんにしようね」

「うん」

「あのねえ、朔」

「うん」

「ちょっとわたしのこと、おばちゃん以外の呼びかたで呼んでみない？」

「なんで？」

朝にも同じ会話をした。誰かがつまずきそうな、と言いかけて、やめる。

「違うな。わたしがめんどくさいから」

大家さんとまた同じ話したくないの、と正直に告げる。子ども相手になんでも正直に言うのは、よくないことなのかもしれない。けれども、なるべく建前を使いたくなかった。大人相手と子ども相手で言うことを極端《きょくたん》に変えるようなことがあるのはへんだ。それでなくても朔は、大人の都合に振りまわされて生きているというのに。

「ふうん」

「おばちゃんっていう言葉の、『おば』の部分が強すぎるのかもしれないね。濁音《だくおん》入ってるし」

「だくおんってなに？」

「ばびぶべぼ、がぎぐげご、みたいに音が濁《にご》ること。『おぱさん』だったら、みんなそこまで嫌がらないのかもしれないね」

「おぱさん」

朔が不審《ふしん》そうに繰り返す。

「ちょっとかわいくなったね」

おぱちゃん、おぱやん、と口の中で言ってみる。ふたりで繰り返し言い合っているうちに、ぽぱさん、ぽぱぱん、ぽっぱぱん、などと、もはや原形をとどめてすらいない謎の単語に変貌《へんぼう》する。

「……椿さん、って呼ぼうか」

「つぱきさん」

「そこは濁音でいいよ」

「なんで？」

「名前だからだよ」

横断歩道の前で停《と》まった時、朔がまたもやわたしの背中をつついた。差し出した手のひらに、白くて丸い石がのっている。

「ひろったの」

「いつ？」

運動会の練習の時、と言われて、唐突に納得した。きれいな石を拾って、そのことで頭がいっぱいになってしまったのだろう。落とさないように、なくさないように。慎重《しんちょう》に握りしめて、じっとしていたのかもしれない。

風が吹いて、木々が葉っぱを揺《ゆ》らした時、空の高いところでひこうき雲が伸びていく時、水《みず》溜《た》まりが光っている時、朔はいつも黙《だま》って、ぼんやり立ちつくす。ダンスが嫌なんじゃなくて、ただ他のことに気をとられているだけなのかもしれない。

あくまでも推測で、はっきりとはわからない。

でもたぶん、生きていくってそういうことなんだろう。すっきり、きっぱり解決しない物事と、うまくつきあっていくことなんだろう。

「きれいだね、その石」

「うん」

信号が青に変わって、進み出す。

「いっこずつ、解決していこうね」

相変わらず、返事はなかった。なくてもいい。

わたしは朔にとって、鈴菜の代用品でしかないのかもしれない。でも、それでも。

どこかの家から、野菜を煮《に》るあたたかい匂いがする。おなかすいた、と朔がまた言う。

「わたしもー」

大きな声で答えたら、朔が、なぜだかとても楽しそうに笑い出した。

四月

三匹のくま、という童話《どうわ》を思い出した。小学校の、一年生の教室に入った時。ためしに朔の席に座らせてもらったら、机の裏におもいっきり膝をぶつけた。

小さな机、小さな椅子《いす》は、子どもたちにはもちろん、ぴったりだ。彼らは小さい。思っていたより。

ついこのあいだまで保育園や幼稚園に通っていたような、もっと言えばほんの数年前までおむつをあてていたようなこの小さい人たちがけっして軽くはないランドセルを背負《せお》い、決められた時間自分の席に座って授業を受けているのかと思うと、なんだかものすごいことのような気がしてくる。

入学式を終えて二週間ちょっとで、はじめての授業参観日を迎えた。渡《わた》された年間行事予定表を見たところ、参観日と名のつくものが年に四度ほども予定されていて、驚愕《きょうがく》した。漠然《ばくぜん》と一年に一度ぐらいのものだろうと想像していたのだが。

「じゃあ今日から、いよいよひらがなの勉強がはじまるよー」

声をはりあげる朔の担任の先生は、おそらくわたしより若いだろう。

わたしの小学生の時分の授業参観といえば、先生の態度はみょうに堅苦《かたくる》しく、めかしこんだ母親たちの化粧品《けしょうひん》の匂いが教室に充満するものと相場が決まっていた。授業の内容や流れは数日前からリハーサルし、通常の自然な授業風景を見てもらうというよりは「ザ・授業ショー」という趣《おもむき》があったのだが、目の前の光景はそれとはずいぶん違っていた。児童たちは足をぶらぶらさせたり、二分おきに振り返っては自分の親に手を振ったりして、けっこうフリーダムな空間となっている。

この子たちは、朝ちゃんと学校に行けているのだろうか。ひとりひとりの顔を順繰りに眺《なが》めながら、重い気分になる。どの子も、朔よりしっかりしていそうに見える。

朔は、毎朝学校に行くのを嫌がる。

はっきりと「行きたくない」と言うわけではない。ただ朝の支度《したく》をする時の動作がのろい。服を着るのも、靴を履くのも。小さな器に入ったヨーグルトを十分近くかけてようやく半分ほどしか食べない。

このあたりは、集団登校をする決まりになっている。でも朔はまだその集合場所にひとりで行くことができない。椿ちゃんついてきて、と言われるので、毎朝一緒に行っている。保育園に送り届けていた頃より、地味に精神的な負担が増している。

あらためて周囲を見回すと、母親だけではなく父親や祖父母《そふぼ》らしき姿も多く見受けられた。服装もTシャツにデニムなどで、仕事用のスーツを着ているわたしのほうがかえって浮いているありさまだった。自然体なのはべつにかまわないのだが、お喋りに夢中な保護者は迷惑《めいわく》だ。

いちおう声はひそめているものの、隣に立っているわたしにはすべて聞こえてしまう。なんとかホテルのランチビュッフェがどうとか、死ぬほどどうでもいい話をしている。不躾《ぶしつけ》なほどの視線を注いでいると、そのうちのひとりと目が合った。はっと口を噤《つぐ》んで隣の人間を肘《ひじ》でつつく。一瞬《いっしゅん》静かになったが、わたしが視線を朔に転じるなり、またひそひそがはじまった。

廊下から教室をのぞきこんでいる静原が、こちらに向かって手を上げる。隣に妻の姿も見えた。ペアルックというわけではないが、服の色を合わせている。美しい一対の人形のようだった。

高二の頃、静原から「つきあって」と言われたことがある。最初は冗談《じょうだん》だと思った。歴代の彼女たちとわたしは、あまりにタイプが違っていたからだ。静原とは席が近くになることが多くて、喋る機会はわりあい多かったが、けっして仲が良いというわけではなかったし。

「小山さん、さっぱりしてそうだから」

のちに「静原の気の迷い交際」と噂《うわさ》された、静原とわたしの交際。その期間、わずか三か月ほどだった。

わたしのほうは、それまで一度も異性と交際したことがなかった。静原はかっこよかったし、もちろん嫌いではなかったし、断る理由がないとその時は思っていた。今になってわかるのだが「ぜひとも」という相手でないのなら交際などしないほうがましなのだ。熱烈に好き合っているわけでもないわたしたちの交際は当然、まったく盛り上がることなく終わり、徒労感だけが残った。

手も繋がぬような関係であったため、遺恨《いこん》も未練もない。しかし、大人になって再会したい相手かと訊《き》かれたらもちろん答えはノーだった。今後積極的にかかわっていきたいわけでもない。

わたしはちっとも、さっぱりなんかしていない。こんな昔のことをいつまでもしつこく覚えていて、むしろねっちりしている。

静原の娘の愛結《あゆ》ちゃんと朔は、同じクラスになった。愛結ちゃんはいちばん前の席で、お行儀よく座っている。

ひらがなの「あ」の字を、子どもたちが熱心な様子で書いている。最初に教える文字は「し」とか「つ」とか、そういう簡単《かんたん》な文字のほうがいいのではないだろうか。わたしの心配をよそに、ほとんどの子どもたちが慣れた様子で「あ」を書いている。

朔の席はいちばん後ろで、だからわたしの立っている位置からも、手もとがよく見える。

目を凝《こ》らしてやっとわかるような薄い字だった。２Ｂの鉛筆を買い与えたはずだが、あまりに筆圧が弱い。まっすぐに伸びるべき最初の線は波線のようであり、まるくカーブすべき部分は角ばっている。

保育園では、年長になってから「ひらがなれんしゅうドリル」というものをやらされていた。家でもやらせたほうがいいのでしょうか、と相談すると、ゆり先生は「小学校で一から習いますので、そこまで必死にやらなくても」と言っていたし、朔もそこまで文字に興味《きょうみ》を示さなかったから、べつにいいかと思っていた。

でもそれは、失敗だったかもしれない。

朔の必死な横顔と反比例して、「あ」の字は枠《わく》をはみ出してしまう。

とっくに書き終えたらしい他の子どもたちが得意げに、後方の母親に向けてプリントを掲げるのが見えた。

「一年生　ひらがな　不得意」
「一年生　勉強　苦手」
「ひらがな　筆圧　弱い」

昼休みに会社のパソコンで検索《けんさく》すると、ある主婦のブログがヒットした。「のびのび育てる」という方針で子育てをしており、就学前に読み書きを教えたことはなかった。しかし一年生の国語のひらがなでつまずいたがゆえに、息子はすっかり勉強嫌いになってしまい、学校の宿題のプリント一枚をやらせるのにおよそ二時間以上費《つい》やしている。姑《しゅうとめ》や夫から「子育てを失敗した」とねちねちいびられる……ありていに言えば地獄《じごく》のような日常が克明《こくめい》に綴《つづ》られた記事を、うっかり熟読《じゅくどく》してしまった。

やっちまった。頭を抱えて、ずるずるとへたりこむ。隣の席の杉尾がぎょっとしたように「ちょっと、ちょっとどうしたの」とわたしの椅子の背をつかんで揺さぶった。

「杉尾くん、教育ってなんだろうね……」
「は？」

ねえ、なんなんだろうね……。ぐったりしながら呟く。

杉尾の弁当箱のなかみが目に入った。ミートボールとうずらのたまごに刺《さ》された葉っぱのかたちのピック。紙のカップに入った筑前煮《ちくぜんに》に添えられた絹《きぬ》さやの緑のあざやかさが、わたしに朔の保育園時代のことを思い出させる。
保育園の行事には提携《ていけい》している写真館の従業員が同行し、園児たちを撮影《さつえい》することになっていた。写真は後日保育園の廊下にはり出され、保護者たちは欲しい写真を購《こう》入《にゅう》することができる。

春と秋の遠足の写真には、園児のお弁当のみを単体で写したものが何枚もあった。いわゆるキャラ弁、というのだろうか。彩りゆたかな、かわいらしいお弁当をカメラに向ける笑顔の園児、という構図も見受けられたが、わたしが記憶する限り、わたしがつくった弁当の写真も、朔が弁当とともに写っている写真も、ただの一枚もなかった。

遠足の日、朔はいつも弁当箱を空っぽにして持ち帰ってきた。おいしかったよ、とも言っていた。だからだいじょうぶだ、と思っていたのだが、弁当にせよ教育にせよ、もしかしたらわたしの育てかたは根本的に間違っているのかもしれない。

「いやあ、小山さんはがんばってるんじゃないの？」

考えすぎだろうか。「がんばってるんじゃないの？（母親でもないのに）」という意味だろうかと身構えてしまう。

「心配ないって、小山さん」

「そうかな……」

「そのうち自然にできるようになるって。俺らも子どもの頃はそうだったでしょ」

自分が読み書きを修得したプロセスを、わたしはもう思い出せない。記憶にないだけで、母がそれとなく指導《しどう》してくれていたのかもしれない。小学校に入って苦労したという覚えがないということは、きっとそうなのだ。

「塾《じゅく》にでも行かせれば」

机に突《つ》っ伏《ぶ》したわたしの後頭部に、杉尾の声が降ってくる。その後にごく小声でなにか続けたが、聞き取れなかった。

もうつつじの季節なんだ、と思った。紅《べに》や白の花が、ちょっとおそろしいような密度で咲き誇っている。

「一年生　ひらがな　塾」

検索のトップに出てきた塾は、意外にもアパートから歩いて数分のところにあった。雑居ビルの二階にあり、何度も前を通ったことがあるはずなのに、気づいていなかった。興味がないものは目に入らないのだ。人は自分が見たいと思うものしか見えない。

志気《しき》塾、という名は全国的に有名だ。その字面はなぜかいつもわたしに『魁《さきがけ》!!

男塾』を連想させる。一抹《いちまつ》の不安を覚えたものの、更に調べてみると「志気」は創始者の名字だった。名字ならしかたない。

対象年齢は幼児から社会人まで。個々のレベルに合わせ、学習していくのだという。つまり勉強ができない子はごく簡単な教材からみっちりと、できる子は学校での学習内容に関係なく、どんどん先に進んでいくということだ。一か月無料体験入塾、という文字に惹《ひ》かれて申し込みのメールを送ったところ、すぐに返信が来た。

それで今日、朔を連れてきた。

「勉強するとこだよね？」

「もちろん」

「おれ、やだ」

まだ申し込むって決めたわけじゃないから、とりあえず、とりあえず一回行ってみようよ、と説得して、なんとか連れてきた。

二階の窓から、植えこみのつつじが見える。いつだったか高雄が、子どもの時登下校中によくつつじの花の蜜《みつ》を吸ったよな、という話をしていたことを思い出した。そんな経験はない、とわたしが言うと、えーなんで、とつめよってきた。

「なんで椿は吸ったことないの、たいていのやつは吸ったことあるよ、なんでなんで？」

そんなことを言われても、とにかく経験がないのだからわからない。高雄にはそういうところがある。自分が見て、経験してきたものこそが「普通」であり「標準」であると思いこみがちなのだ。思いこみっぷりがあまりにも無邪気《むじゃき》なのと、思いこみの内容があまりにもすこやかなせいで、強く否定する気にもなれない。

「小山さん？　よろしいですか？」

高雄のことを考えていたせいで、説明を聞き逃したようだった。

「すみません、もう一度言っていただけますか」

さっき受け取ったばかりの講師の名刺《めいし》に視線を落とす。下のほうに小さく「中学生の娘と小学生の息子と犬四匹のママです」と書いてある。家族構成を開陳《かいちん》している名刺、しかも形状がハート型、というものを生まれてはじめて目にしたので、そちらに気をとられてしまっていた。犬四匹。ぜひとも犬種が知りたいところだ。

「ですから、お子さんの現在の学習段階を知るための、テストをします」

「……今から？」

「ええ。今から」

やや緊張した面持ちで、朔が鉛筆を握る。まったくできないか、あるいはやろうとしないかのどちらかだと勝手に決めつけていたが、意外にもひたむきに解答欄《らん》を埋めようとしているのがわかって、あやうく涙《なみだ》がこぼれそうになる。

授業参観の時と同じだ。朔は集中すると、唇がくちばしのように尖る。一歳になる以前からずっとそうだった。

「りんご」と書くべき欄に「いんこ」と書いて、不安そうにわたしを見上げる。おいおいそりゃあ鳥じゃねえか、まいったなワッハッハとハリウッド映画に出てくる陽気な脇役のおじさんみたいに笑おうかと思ったが、これはテストだ。間違いを教えてよいものかどうかわからず、とにかく安心させたくて、何度も頷いてみせる。

「れ」と「わ」の違いも、朔はよくわかっていないようだ。

後悔《こうかい》ばかりが募《つの》っていく。

テストの問題が算数にうつると、朔は意外にもすらすらと解《と》いていった。お、という感じに講師の表情が変化した。

「よくできるね、すごいね」

朔の表情がぱっと明るくなった。

「朔くんは、算数は得意みたいですね」

苦手（ひらがな）にじっくり取り組みながら、得意（算数）をのばしていきましょう。微笑《ほほえ》む講師が、じつに頼《たの》もしい。神々《こうごう》しくすらある。よろしくおねがいします、と机に額をこすりつけたいような気分だ。まだ間に合うかもしれない。希望が見えてきた。「3」が鏡文字になっていることについては、講師がなにも言わなかったのでわたしも黙っていた。

そうこうしているうちに、次々といろんな生徒がやってくる。教室に来たら、個別に用意されたプリントを自分でとって自由にやる、わからないところがあればその都度講師に訊く、というスタイルであることが、見ているうちにわかってきた。

幼稚園の制服を着た小さな子が、あたりまえのように手提《てさ》げかばんから筆箱を出し、プリントを広げて解きはじめるのを見て、椅子から転げ落ちそうなほどの衝撃を受ける。なんてしっかりしているんだろう。いちおう保護者も付き添っているが、あくまでも横で見ているだけだ。

「そしたら朔くん、今から先生、お母さんとお話しするからあっちで待っててくれる？」

テストの結果を見た講師が、教室の隅《すみ》を指さす。プレイマットが敷《し》かれた一角に低いテーブルがあり、そこにパズルの箱が置いてあった。

「椿ちゃんはお母さんじゃないよ」

きっぱりとした口調で朔は言い、パズルをはじめる。教室内の保護者たちがいっせいに「どういうこと？」と混乱しながらこっちを見るのがわかった。

「あら、そうなの。いいね」

講師はきっと、フォローしようとしてくれたのだろう。しかし彼女が口にした「いいね」によってさらに教室内の混乱が深まったのを感じながら、わたしは「無料体験入塾申込書」を書きはじめた。

教室の戸が開く。風が吹きこんできて、教室内の掲示物がさわさわと靡《なび》いた。

「小山さん」

顔を上げて、うわっとのけぞりそうになる。静原の妻と、愛結ちゃんが立っていた。

「なぜここに」

静原の妻はわたしの驚きっぷりにかるく目を見開き、髪を耳にかけた。

「去年からここに通ってるんです」

「しまった」という思いで、胸がいっぱいになる。父がかなり酔《よ》っ払った時などに発する「しまったしまった島倉千代子《しまくらちよこ》」という島木譲二《しまきじょうじ》のギャグも思い出す。そしてどうでもいいことばかり克明に記憶しており、尚且《なおか》つ最悪なタイミングでその記憶を取り出す自分に、ものすごく腹が立った。

振り返ると、朔は楽しそうに星のカービィの絵柄《えがら》のパズルで遊んでいた。

わたしは朔に、ゲームの類を買い与えていない。そもそも朔が欲しがらなかったから、というのがその理由だが、ゲームをしない朔の目にあのキャラクターはどううつるのだろう。「ボールの妖精《ようせい》」だろうか。なにせ丸いから。

「体験入塾ですか？」

このタイミングでボールの妖精がどうのと考えているのは、現実逃避《とうひ》以外のなにものでもない。向き直ると、静原の妻のきれいに巻かれた栗《くり》色の髪や紺色のワンピースや、それからうすい桃《もも》色の爪《つめ》がいっぺんに目に飛びこんでくる。

「あ、はい」

「えー、そうなんですねー」

静原の妻の甘ったるいような声は、存外通りがいい。教室中に響く。

愛結ちゃんが朔のところに歩み寄っていく。「なにしてんの」「パズル」という、いっそしないほうがましではないかと思うような会話がここまで聞こえてきた。

「愛結ちゃん、プリントやろうよ」

静原の妻が声をかけると、愛結ちゃんは素直に「うん」と席に戻る。わたしもよく朔に、歯磨きしようよ、寝る前にトイレ行こうよ、と声をかけているが、このように一回の声かけですぐに応じてくれたことは一度もない。

愛結ちゃんが手にしているプリントにはひらがなどころか漢字まで使用されていて、口がぽかんと開いてしまう。この子、もう漢字まで書けるのか。

「すごいですね、愛結ちゃん」

「うちは、こっちに引っ越してくる前から、志気塾に行ってたんで」

全国に教室があるんですよ、だから継続することができて、ほんとうにたすかりました、と言う静原の妻の微笑《びしょう》は強烈に広告じみている。朔を即入塾させるための仕込みではないかと思ったが、そこまでするわけがない。

「朔くんは、今まではどんな習いごとをしてたんですか？」

「あ、今まではなんにも」

「なんにも？」

静原の妻の声が甲高《かんだか》く尖って、わたしの脳天に突き刺さる。

「あ、ごめんなさい。びっくりしちゃって」

静原の妻が口もとに手を当てる。

「けっこうめずらしくないです？」

ないです？　と訊かれてもわからない。この人は高雄に似ている。無神経すれすれのすこやかさ。

「でも志気塾のシステムって、どっちかというと女の子向きじゃないです？」

また「ないです？」だ。だから知らねえよ。だんだん腹が立ってきた。教室内を見回すと、なるほど女児が多いようだが。

「性別、関係あるんですか？」

なくはないですね、とそれまで黙っていた講師が口を開いたので、びっくりした。

「え、なくはないんですか」

「まあやっぱり、こつこつがんばるのは女の子なので」

こつこつがんばるのは女の子。わたしもかつては女の子だったが、こつこつがんばった経験はあんまりない。鈴菜もそうだ。わたしたちがレアケースであるという可能性もなくはない。

「男の子だからだめ、というわけではないですよ、もちろん」

ほんとうだろうか。ついさっき見えたような気がした希望の光が、なんだかずいぶん遠いところで、たよりなく瞬《またた》いている。

わたしは今までずっと、自分のことを、まじめでもがんばり屋でもないが、まあまあ気は長いほうだ、と思っていた。

　けれども、まったくそうではなかった。朔と一緒に暮らすようになって、そのことに気がついた。学童保育から戻ってくるとまず、朔はランドセルをおろす。それはいい。

　問題は、朔に「ランドセルを所定の位置に置く」という習慣がなかなか根付かないことだ。入学式の翌日に取り決めた「学習机の脇の整理棚《だな》に置く」という約束は一度も守られていない。指摘《してき》すると「あ、そうだった」と言うので、いちおう覚えてはいるのだろうが、帰ってきた瞬間に忘れてしまうらしい。

　夕飯の途中でうとうとと舟を漕ぎ出すこともある。子どもなりに疲れているのだろう。なれない学校生活。それが終わると十八時までは学童保育で過ごさなければならない。学童保育にはさまざまな学年の子がいる。このあいだは三年生の子に通せんぼされてこわかった、というようなことを言っていた。おせじにも気楽とは言えない環《かん》境《きょう》のようだが、この部屋にひとりで留守番《るすばん》させるわけにもいかない。

　帰宅すると気がゆるんでしまうのはわかる。しかしトイレの前や洗面所の床にランドセルを転がされるのは困る。

「朔。ランドセル、ほったらかしだよ」

「あ、そうだった」

いらいら、いらいら、してしまう。静原のところの、愛結ちゃんだったらこんなことはしないんだろうな。そこまで思ってから、はっとする。小学校に入ってから、わたしは朔を他の子どもと比べてばかりいる。

「ごはん食べたら、志気塾の宿題やろうね」

「えー」

えー、と言いたいのはこっちなのだが。朔は皿の上のハンバーグを箸《はし》でこねまわしながらふくれている。頭の中で、百から一まで数えた。そうでもしないと「あんたねえ」と声を荒らげてしまいそうだ。

まあ、いい。今日は金曜日だ。つぎの志気塾は月曜日だから、土日のうちにやればいい。

押しこむようにして夕飯を済ませ、洗面所で朔が持ち帰ってきた上靴を洗う。ナイル川でも渡ってきたのかと思うほど真っ黒に汚れているうえ、ねんどまで踏んだらしい。靴底の溝に緑色のねんどがみっちりつまっていて泣きたくなった。

もしわたしが大富豪《だいふごう》ならば。なぜか英語の例文を和訳したような言葉遣いで考えている。If I were a millionaire, 上靴なんて洗わずに、一週間ごとに新品の上靴を買い与えるのに。

もしくは、上靴洗い専用召使《めしつか》いを雇《やと》うだろう。そしてわたしはゴージャスな椅子に座り、なんだかよくわからない高級なお酒を啜《すす》りながらそれを眺めるのだった。

でもこんなことを考える人間は一生大富豪にはなれないのだろう。「なんだかよくわからない高級なお酒」という表現の貧しさがもう、わたしの人生の限界をあらわしているではないか。

湯をはった盥《たらい》に上靴を沈め、ネットで見た「汚れがよく落ちる」というせっけんをこすりつける。百円ショップで買ったシューズ洗い専用ブラシでひたすら汚れをごしごしやる。顔に飛沫《しぶき》が飛んで、うっと顔をしかめた。

居間からアニメの主題歌が聞こえてきた。朔がテレビをつけたようだった。音がみょうにくぐもって聞こえる。睡眠時間の短い日が続くと、たまに耳の調子が悪くなる。水にもぐったように音が聞こえにくくなるのだ。

今夜ははやく寝る、はやく寝る。念じるように思う。かならずや朔と一緒に床に就く。アマゾンプライムでおもしろそうな海外ドラマを物色したりせずに。

ちょっとした娯楽《ごらく》は人生に必要なものだが、健康には代えられない。

左側を洗い終えたところで、スマートフォンが鳴る。たぶん、高雄だろう。

ゴールデンウィークにこっちに来ると言っていた。でも、電話をかけてきたのは鈴菜だった。

「もしもし」

あー、お姉ちゃん？　調子の悪い耳で聞く鈴菜の声は、わたしを過去に引き戻した。

わたしの手を握る、まだ小学生の鈴菜。

とくべつに仲の良い姉妹《しまい》ではなかった。それでも母や父の誕生日には、おこづかいを出し合ってケーキかお花を買うという決まりになっていた。

不安そうにわたしを見上げる鈴菜の顔。あの年の母の誕生日は、町内のいつもの洋菓子店ではなく、百貨店に行った。電車に乗って行かなければならないような距離だった。

そのちょうど数日前に、ローカル番組で百貨店の地下の洋菓子店のタルトタタンが紹介されていたのだ。つやつやと光るカラメリゼされたりんごと、しっとりした生地の甘みが、画面ごしにも伝わってくるようだった。

「おいしそうねえ」という母の呟きを耳にして、わたしたち姉妹は、こっそりと顔を見合わせ、頷きあった。

お姉ちゃん、だいじょうぶなの？　はじめて降《お》りる駅に戸惑《とまど》ったのか、鈴菜はわたしを見上げて、何度も訊ねた。だいじょうぶ、と自信満々の態《てい》で答えたが、実際はまったくだいじょうぶではなかった。今思えばあの時わたしは駅の出口を間違えていたのだろう。駅から徒歩二分であるはずの百貨店が、歩けども歩けども見つからなかった。

どうにかこうにか百貨店に辿《たど》りついた時には日が暮れていた。

タルトタタンは買えなかった。売り切れていたのだ。門限をやぶったので、母はご立腹だった。

百貨店が見当たらない、と気づいた時点で駅まで戻るなり、すぐ他人に訊ねるなりすればよかったのに、「妹の手前しっかりしたところを見せねば」と謎の虚勢《きょせい》をはった結果が裏目に出まくった。

けれどもあの時、鈴菜は一度も「お姉ちゃんのせいで」とわたしを責めなかった。

「聞いてる？　お姉ちゃん」

はっと我にかえって、スマートフォンを持ち替えた。

「ごめん。聞いてるよ」

「朔は？　いないの？」

居間に戻ると、朔は夕飯をほっぽり出して部屋の隅で遊んでいた。その手の中にある謎の物体に気づいた瞬間、へんな声が出た。針金ハンガーがみょーんとしたかたちに引き伸ばされている。クリーニングに出すとついてくる、あれだ。いつのまに持ち出したのやら、クローゼットにかかっていたはずの十本以上の針金ハンガーがすべて変形していた。あるものはねじられ、またあるものは丸められ、積み重なっている。針金ハンガー塚……。わたしのひとりごとを聞きとがめた鈴菜が、ええ？　なに？と怪訝《けげん》な声を出す。

「なんでもない」

針金ハンガー塚は、見ようによっては現代アートのようでもある。鈴菜に知られたくない。自分でも驚いてしまうほど強く、そう感じた。知られてはならない。

「朔にかわるね」

アートを教えている、という男に惹かれる、自身も「才能がある」と言われて沖縄まで行ってしまうようなところがある鈴菜にだけは、このことを知られてはいけない。

「ママ？」

朔の声が弾《はず》む。僕ね、今日ね、図書室行ったよ。きのこの図鑑《ずかん》借りた。そんな報告をしているのを聞きながら、また洗面所に戻った。

盥にはった湯は、灰色に濁っている。上靴から流れ出した汚れなのか、せっけんによる淀《よど》みなのかわからないまま、ブラシをつかんで上靴をこすった。ブラシの柄も上靴もぬるぬるして、手が滑《すべ》る。

あんたのせいで。

泣きながら叫ぶ、鈴菜の顔。

母からどんなに叱《しか》られても「お姉ちゃんのせいで」と言わなかった鈴菜は、二十一歳で子を産み、その子を叩くようになった。

最初はたぶん、いけないことをした時にぺちんと手の甲を叩く程度だったのではないだろうか。でも、叩く頻度《ひんど》が徐々に増えていった。

寝てよ、寝て、寝て寝て寝て寝て。顔を真っ赤にして泣き続ける朔を抱いた鈴菜がそう喚《わめ》きながら、あやすと言うにはあまりに乱暴《らんぼう》な動作で朔を揺さぶるところも見たことがある。

制止すると、傷ついたような表情を浮かべた。叩かれても、朔は母親の後を追い続けた。叩かれるからこそ、なのかもしれない。

鈴菜は母親でしょ。そう叫んだわたしは、なんて傲慢《ごうまん》だったろう。鈴菜の苦しさを、焦りを、ちっとも理解していなかった。

親が子どもを虐待《ぎゃくたい》する事件はあとを絶たない。信じられない、と周囲の人は眉をひそめる。「許せない、人の心がないんじゃないの」と。かつてはわたしもそう思っていた。

愛情がなくては子どもは育てられない、と多くの人は言う。だけど愛情があればそれだけで子どもが育てられるわけでは、けっしてない。朔と過ごした数年間で、わかった。

「お姉ちゃんのほうがよっぽど『母親』に向いてるのかもね」

鈴菜の言葉を、鈍い胸の痛みとともに思い出す。いらいらしながら顔を背けて「そうね」と吐き捨てた自分の声も。鈴菜を沖縄に行かせたのは、もしかしたら、自分のあの返事が原因だったのかもしれないと、これまでに何度も思った。たった三文字のあの言葉が、鈴菜のなけなしの母親としての矜持《きょうじ》まで奪ってしまったのだとしたら。

朔がスマートフォンをわたしに差し出す。

「はやく一緒に暮らしたい」

スマートフォンを耳に当てるなり、鈴菜がぽつりと呟くのが聞こえた。

「そしたら、こんどは」

こんどは、なんなのだろう。こんどは叩いたりしない？

ほんとうに約束できる？　鈴菜につめよってしまいそうになる。

わたしは、鈴菜から朔を奪っているんだろうか。朔はかわいそうな子なんかじゃない、とずっと思ってきた。不安定な鈴菜から朔を守るためにわたしが育てているのだからわたしは正しい、と思いこんでいた。

でも、もしかしたらやっぱり、間違っていたのかもしれない。ほんとうは沖縄で「のんびり」暮らすほうが、朔にとってはいいのかもしれない。

わたしは朔を叩いたりするようなことは、一度もしていない。でも塾に行かせることやここに留《とど》まらせておくことが、朔にとって最適な選択だと言い切れるのだろうか。

答えは出ない。いつもそうだ。

甘い匂いがした。玉ねぎを炒《いた》めているような、なつかしい匂い。エレベーターを降りた時、マンションの廊下に満ちたそれが、父の住まいから漂ってきているものだとは思わなかった。

テーブルの上に広げられた料理の本には見覚えがある。母のものだ。十代の頃に買ったと話していた気がする。てっぺんにさくらんぼをのせたブラン・マンジェや花のかたちに型抜きしたサンドイッチの写真は、びっくりするほど古くさい。テーブルクロスや食器のデザインも。

朔が背伸びをして、本をのぞきこむ。すぐに興味をなくして、居間に向かった。よせばいいのにリュックを逆さにして、持参したおもちゃの類をぶちまけた。先日買ったばかりのゲーム機のケースが畳《たたみ》の上に転がり出て、わたしをひやひやさせる。けっして安い買いものではなかった。はたしてあのような乱暴な扱いに耐えうるキカイであるのかどうか、ゲームを嗜《たしな》まないわたしには見当もつかない。

「古い本を引っぱりだしてきたんだね」

頁《ページ》のあちこちに茶色いしみがある。わたしや鈴菜の誕生日やクリスマスには、母はこの本を参照して料理をこしらえていた。

「順子《じゅんこ》がよくつくっていたあの、あれをつくってみたくなってね。あの中にゆでたまごが入っているあの爆弾《ばくだん》みたいな肉団子《にくだんご》」

家では「ゆでたまご入ってるやつ」と呼んでいたから、父もわたしもとっさに正式な料理名が出てこなかった。

「思い出した。スコッチエッグだ」

ぱらぱらとめくってみると、「おもてなし」と題された頁にスコッチエッグの写真が掲載《けいさい》されていた。

ただ、母がつくっていたものとすこし違う。本に載《の》っているのはメンチカツのようにパン粉をまぶして揚《あ》げられたうえ、トマトソースの上に鎮座《ちんざ》していた。

「違うね」

「そう、ぜんぜん違うんだ」

　母のはたしか、もっと和風の味付けだった。とろりとした醬油《しょうゆ》味のたれがつやつやとしていて、かために練られた肉団子が中にはいっているゆでたまごのあっさりした味と合わさるとちょうどよいバランスになった。

　そもそもたまごが違う。本に載っているのはうずらのたまごで、母がつくっていたのは鶏のたまごを使っていた。

「あれはオリジナル料理だったのかね。家にある、どの本にもない」

たれにはほんのりと生姜《しょうが》の風味があったような気がするが、調理の過程を隣で見ていたわけではないので、いまいち自信がない。

「でもどうしたの、急に」

　母の料理を再現したい、などと、今まで一度も言ったことはなかった。ひさしぶりにあれが食べたいな、となつかしく思い出せるぐらいの時間が経過した、ということなのだろうか。死んでまもない頃になつかしい母の味を口にしたら、かえって耐え難いほどのかなしみに襲《おそ》われたかもしれない。

父がエプロンをはずしている。紺色に白い縦縞《たてじま》の、かたい生地のエプロン。母はエプロンをつける習慣がなかった。わたしも持っていない。台所に入る時にはエプロンを着用する、という新しいルールを、父はこの家に取り入れることにした。さびしいことだとは思わない。母の思い出を大切にすることと、母のやりかたに拘泥《こうでい》することとは違うから。

「あれは、子どもの好きな味だろうと思ったから」

言いながら、父は朔のほうを見ていた。今はテレビのほうを見ているから、その表情はわからない。ふっくりとした頬の輪郭《りんかく》だけがわたしの目にうつる。幼児期を過ぎて身体つきは細くなったのだが、顔にだけは丸さが残っている。

明日の朝まで、朔をここに預けることになっていた。長い休みを利用して高雄がこっちに戻ってくる時には、いつもそうする。わたしとどこかで一泊したのち、高雄は実家に帰って過ごす。

両親だけでなく祖父母も健在である高雄の実家は、たいそう賑《にぎ》やかだ。たまに電話をかけても、甥や姪の金切り声に会話を邪魔されてものの数分で通話を終了することになる。やめろよう、とかなんとか言いながら、うれしそうだ。

スマートフォンの壁紙に甥と姪の画像を使うなど、かなりの叔父馬鹿《おじばか》ぶりを発揮している男だ。無理もない。

子どもってかわいいよなあ、が口癖《くちぐせ》の高雄は「朔くんに会わせてくれ」と、いつもせがむ。じきにね、と答えるのだが、高雄の「俺と朔くん、仲良くなれると思う」という根拠のない自信はかえってわたしを不安にさせる。

「朔の好物のつくりかたも、そのうち椿に教えてもらわないとな」

急《きゅう》須《す》に湯を注ぐわたしの隣に、父が立つ。

「そこまでしなくてもだいじょうぶだよ。外食したっていいんじゃないの」

父に朔を預ける機会などそう多くない。

「そういう話じゃない」

椿だって、いずれ自分の家庭を持ちたいだろう。父の言葉の意味が、しばらくわからなかった。

「朔も、わかってくれるよ。体調も戻ってきたし、お父さんだって、朔が成人する年齢まではなんとか生きていられると思うから、だからまたこのマンションで」

父は、わたしが「自分の家庭」を持つためには、朔を手放さねばならない、ということを言いたいのだった。鈴菜は、いつか、いつかと言うばかりでいっこうに朔を迎えに来る気配もないから。

「そんな大人の都合で……あっちにやったり、こっちにやったりものじゃないんだよ、と言う声が震えた。朔に聞こえないように小さな声を出そうとすると、よけいに震えが増してしまう。

「わかってるよ、椿」

「わかってない。わかってないよお父さんは」

「でもな、考えてみてくれ、お前が自分自身の幸せをあきらめる必要は」

「なにそれ」

こんどは声のボリュームを抑えることができなかった。朔はこちらを見ない。でも、きっと気づいている。大人が自分の話をしている気配に、子どもは敏感《びんかん》なものだから。

父は困った顔で、炒めた玉ねぎをかきまわしている。ねっとりと甘い匂いがいっそう強くなる。困らせたいわけじゃない。だけどそんな言いかたをされたら、今のわたしが不幸みたいだから。

不自由なことはいっぱいある。悩むことも。でも不幸じゃない。

「あきらめる、なんて言いかたおかしい。やめて」

自分の家庭を持ってない女の人は幸せじゃないの？　偏見《へんけん》も甚《はなは》だしいね、などとは言わなかった。思ってはいたけれども、思ったことをぜんぶ言う必要はない。言葉は刃《やいば》で、鈍器だから。

そうか。長い長い沈黙のあとで、父がぽつりと呟く。

「そろそろ行ったほうがいいんじゃないのか」

いやもうすこし時間が、という返事を父が「行きなさい」と遮る。わたしのほうを見ずに。わたしは、また、父を傷つけた。

駅についたが、まだすこし時間があった。駅構内の雑貨屋を見て、ひまをつぶす。ブレザーの制服の女子高生が数名、きゃあきゃあ言いながらネイルを試していた。

自分の高校生時代ではなく、鈴菜のそれを、いつのまにか思い出していた。ちょうどこんなふうに、雑貨を売る店で出くわしたことがある。あの時鈴菜は高校に入学したばかりで、他の女の子数人と一緒にいたから、声をかけずにすこし離れたところから見ていた。

みんなでおそろいにしようよ、なんて言って、やすいブレスレットだかなんだかを選んでいて、ほほえましいな、と思っていた。

でもそれを持ってレジに向かっていったのは、鈴菜ひとりだった。

「ありがとー、鈴菜」

「持つべきものはリッチな友だちだよねー」

他の子はそう言って笑い、袋から出したばかりのブレスレットをつけはじめた。ぎこちなく笑う鈴菜もまた、同じように。

両親は鈴菜に甘かったから、もしかしたら他の子より多くおこづかいをもらっていたのかもしれない。でも、みんなでおそろいにするものをひとりが買うのは、どう考えてもへんだった。

家に帰ってそれとなく訊ねたら、鈴菜は「なにこそこそ見てんの、最低」と泣き喚いて、それ以上話ができなかった。

妹はどうやら、他人と関係を築くのがへたなのかもしれない。その時はじめて、それを知った。

鈴菜はそれからまもなく、高校を辞めた。

顔を上げたら、ちょうど高雄が改札を通るところだった。背の高い男で、どこにいても比較《ひかく》的容易に見つけられる。雰囲気がちょっと変わったように感じた理由は、近づいてきた時にすぐわかった。眼鏡が替わったのだ。

「眼鏡替えたね」

「拭《ふ》いてたら、いきなり真っ二つに割れた」

割れた、のアクセントが、西のほうのものだった。自分でも気づいたらしく、ちょっとだけ照《て》れたような顔をする。もう大阪に住んで数年経過しているし、べつに照れなくてもいいと思うのだが、環境に染まりやすい人間みたいで、恥ずかしいのだという。

「染まったらいいんだよ、へんに抵抗せずに」

それはそのままわたしが思う高雄の美質にもつながっている。素直ですこやか、という。「椿と行こうと思ってたんだー」とグルメサイトの店舗《てんぽ》情報を表示したスマートフォンの画面をにこにこと向けてくる。

「うれしい」

わたしが言うと、高雄はその数倍うれしそうに顔をくしゃくしゃにする。

朔と一緒に外食する時は、選べる店が限られる。じっと座っていられないとか、アレルギーがあるというわけではないけれども、それでも。どうしてもファミリーレストランとかショッピングモールのフードコートとか、そういう場所になる。

あたりまえのようにお酒を頼んだり、高いスツールに腰かけたりできること。いかにも辛《から》そうな料理をへいきで注文できるのは、楽だ。自分のことだけ考えて行動すればいいのは。

大阪支社での仕事について、高雄は話した。それから、アパートの近くにいつもいるという猫のこと。すばしこい猫だが「ついに撮影に成功した」と見せてもらった画像は強烈にブレており、どちらかというと失敗していた。

あとは、最近観《み》た映画のこと。わたしも会社の話をし、朔の小学校の話をした。高雄が写真を見たがったのでスマートフォンのカメラロールを開いた。

「後ろ姿ばっかり」

最近、朔は写真を撮られることを嫌がる。

「照れてるのかもしれない」

「照れてんだ、かわいいな」

高雄にかかると、子どものやることはなんでも「かわいい」になってしまう。グラスのなかみを一気に干して「あー」と両手で顔をこすりはじめた。

「楽しい」

楽しいのか。それはなによりだ。

「椿はおもしろくはないよ」

「いや、みんなおもしろいって言うよ、椿の話すると」

大阪で、いったいどんなふうにわたしのことを話しているのだろうか。

高雄が頬杖をついて、わたしを見つめる。目が合うと、にこにこする。わたしを好きでたまらない、という気持ちがにじみ出てしまっている。

たいへん申し訳ない感想なのだが、絶世の美女とかすばらしくいかした女でもないわたしに夢中な高雄は、どうにも間が抜けて見える。つい「変わったご趣味《しゅみ》ですね……」と他人事《ひとごと》みたいに言いたくなってしまう。

「そういえば、彼女さんとどこで知り合ったんですかって訊かれたよ」

「定番の質問だね」

「痴漢《ちかん》がきっかけでって言ったらぎょっとされたけど」

「言いかた、もっと気をつけようね」

高雄が転勤になる以前、わたしたちは毎朝同じ電車に乗っていた。もちろん、お互いの存在には気づいていなかった。路線が同じというだけで、乗車駅も降車駅も違う。すし詰めというほどではないが肩が触れ合う程度には混む車両の中で、わたしはいつも天井を見上げていた。運良く座れた時は本を読むが、運が良い時は稀《まれ》だ。その稀なある朝にふと本から顔を上げると、目の前の若い女性が真っ青な顔で唇を震わせていた。具合でも悪いのかと観察していると、目が合った。た、す、け、て、というかたちに口が動いた。

若い女性は、後ろに立っていた男に身体を触られていたのだった。どうしよう、どうやって助けたらいいんだろうとまごついていると、わたしの隣にいた中年女性が立ち上がり、男の腕をつかんだ。「なにしてるんですか」「はぁ？」「次の駅で降りましょう」というような会話を経て、三人はもみ合うようにしてホームに降りた。いてもたってもいられなくて、わたしも降りた。男はまだ「俺じゃねえよ」「ふざけんなよ」「触んねえよ、こんなの」と喚いていた。中年女性は「触りましたよね」などとはひとことも言っていなかったのに、語るに落ちるというやつだ。

痴漢男が中年女性に向かって「関係ねえくせに騒《さわ》いでんじゃねえよ、欲求不満かこのブス！」と、言ってはならないことを口にした時、背の高い男の人が「逆ギレはみっともないですよ」と割って入ってきてくれた。それが、高雄だった。

高雄は駅員を連れてきていた。

「僕も見ました」

高雄の証言《しょうげん》に、ホームの空気が変わった。見ていたのだが、どうすればいいのだろうとおろおろしているうちに中年女性が騒ぎ出して、だからあわてて一緒に電車を降りてきたと言ってくれたのだった。それでようやくわたしも「わたしも見ました」

と証言できた。

「ほんとはちょっとだけ『関わったら遅刻《ちこく》するな』とか『逆恨《さかうら》みされて殴《なぐ》られでもしたら嫌だな』と思ったんです」

後になって電車内で再会した時、高雄から小声でそう告白された。正直な人だと思った。わたしだって、ちらっとでもそう思わなかったと言ったら嘘になる。

一度存在を認識すると、駅や電車内でよくその姿を見かけるようになった。何度目かに偶然《ぐうぜん》会った時に、どちらからともなくお茶でも飲みましょう、ということになった。高雄とわたしが交際をはじめたのは、それから数か月後のことだった。

わたしは、あの日のことを忘れたことがない。高雄と交際のきっかけだったからではなく、いやそれもあるが、時間が経過するごとにあの男の「このブス！」発言への怒りが増すためだ。何年も前のことだが、じつは今もまだ怒っている。自分に言われたわけでもないのに、なかなか怒りがおさまらない。

他人が他人の外見をジャッジすることも、それを罵倒してかまわないと考えているらしいことも、「痴漢行為を制止する＝欲求不満」という発想も、すべてが謎過ぎて腹が立つと、高雄にも何度も話した。今もやっぱり話している。あの男だけは、今も許せないよ、と。ついでにまごつくだけであの若い女性を助けられなかった自分もいまだに許せない。

「そういうとこ、ほんとにいいと思うよ」

好きだとか愛しているとか、そういったことを高雄はけっして、わたしに言わない。でも「おもしろい」とか「いいと思う」という言葉は惜《お》しまずに口にする。いつもだったらうれしく受け止めるその言葉が、今はあんまりありがたくなかった。

高雄の、やや緊張したような表情から、その言葉がなにかありがたくない展開につながるような気がしてならないのだ。

「そういう椿とだから、やっていけると思うんだ」

高雄から目を逸《そ》らす。やっぱりだ。やっぱり来た。

「生半可な気持ちで朔くんを育てているわけではないことは、知ってる」

結婚するために朔くんを手放してくれとは言わない、言えない、だから三人で一緒にやっていけないか、と続けて、ひといきに水を飲んだ。

「三人でって……」

「だいじょうぶだよ」という高雄が理由として挙げる「俺、子ども好きだし、甥や姪の面倒を見た経験もあるから、たいへんだということはわかってるよ」という言葉こそが、わたしに「いや無理だろ」と確信させる。高雄はまったくわかっていない。だって、半日かそこら「面倒を見る」ことと、当事者になることとは違うのだ。

目の前に並んだ料理が、どんどん冷えていく。グラスの氷がすっかりとけて、紙のコースターにはリング状のしみができていた。

それに、高雄の言う「だいじょうぶ」は、あくまでも高雄自身の問題だ。たとえばわたしが「結婚するの」と言ったら、朔はどう感じるだろう。

高雄の言うとおり、問題なく暮らしていくことはできるかもしれない。でもそれが朔の心にどのような影響を及ぼすか、考えれば考えるほど、気が重い。

わたしの表情から、察したらしい。高雄が押し黙る。

「……飲みもの、頼もうか」

高雄から差し出されたメニューを受け取った。

「さっきと同じの」

メニューを閉じて、高雄に差し出す。

「わかった。同じのね」

注文を終えた高雄は、不自然なほど明るい口調で、また近所の猫の話をしはじめた。

相槌を打ちながらわたしは何度も笑ったけど、さっきまでの楽しい雰囲気はもう、どうがんばってても戻ってこなかった。

ほんとうは昼過ぎまで一緒にいるはずだった。明けがたに身支度をはじめたわたしを、高雄は制止しなかった。

「心配なんだろ」

「うん。ごめん」

朔の名は、お互い口に出さなかった。ホテルの椅子の背もたれを抱くようにして足を広げて行儀悪く座っている高雄は、教師に叱られてふてくされる学生の顔をしている。

ごめん、ともう一度言いかけてやめた。

五月にはいったばかりの朝は肌《はだ》寒くて、カーディガンの前を掻《か》き合わせて足早に駅までの道を急ぐ。これから旅行にでも行くのか、スーツケースをひく人の姿がちらほらと目に入った。

合鍵で父のマンションの部屋に入ると、朔はまだ眠っていた。枕に押しつけられてぶにっとつぶれた頬を、かすかに開いた唇の小ささを、しばらく眺めた。寝顔だけは赤ちゃんの頃とあまり変わらない。

戻りたい。甘いミルクの匂いをさせていた頃の朔を、なにも考えずにずっと抱っこしていたい。保育園や学校にうまくなじめないとか、ひらがながうまく書けないとか、そんなことで悩む必要がなかった頃に戻りたい。

唐突で、陳腐《ちんぷ》な感傷だった。戻ることなんか、できないのに。

本棚に目を転じたら、なつかしい本があった。小学生の頃、大好きだった児童書。元気な女の子が冒険するお話に、いつも励《はげ》まされた。

ぱらぱらと頁をめくってみる。おさない頃のわたしが憧《あこが》れていた彼女はあいかわらず元気で、楽しそうだ。彼女の名を、そっと呼んでみる。

朔の目がぱちっと開いた。わたしと目が合っても、まったく驚いた様子がない。なぜかうっすらと笑いさえする。

「風船で飛んでた」

夢の話をしているのだろうか。そう、風船で飛んでたの、と調子を合わせる。

「下に降りる時は空気をちょっと抜くの」

「風船につかまって飛ぶのね」

うん、と言った朔が、ふたたび目を閉じる。楽しい夢の続きを見たいのかもしれない。

時間は戻らない。自分のやっていることがほんとうに正しいのか、わからない。

なんの役にも立たない感傷を、しばらく口の中で転がした。苦くて、舌をちくちく苛んで、そのくせほんのすこしだけ、甘くもあった。

八月

ドアを開けるなり、うわっなにこれ、と穂積が驚いた。その気持ちはよくわかる。

「これ、基地」

「きち」

「朔がつくったの」

「廊下に？」

「うん」

廊下、と言っても一メートルもない空間だ。買い置きの水やセール時に買ったトイレットペーパーを積んでいるので尚更狭《せま》い。そこに朔が段ボール製の基地を立ててしまったのだ。

「窓まである」

興味深そうにのぞきこんでいる。朔の基地はなかなかの力作で、床には古いバスタオルが敷いてあるし、内側の壁面には折り紙で飾りつけまでされていて、インテリアの整備にも余念がない。ただ、さして広くもない廊下に設置されているがゆえに、通る時はカニ歩きをしなければならない。

「ごめんね、狭くて」

「いいよ。子どものいる家に来たなって感じ」

穂積がわたしの部屋に遊びに来るのは二度目だ。一度目に来た頃には、朔はまだここにいなかった。

土曜に遊びに行っていい、と言われた時、なにか話したいことがあるのだな、と思った。平日にお昼ごはんを食べながらすることができないような話。

「やっぱ男子は、基地とかつくるんだね」

「性別関係ないよ、だってわたしもつくってたもん、子どもの頃」

わたしの基地は段ボール製ではなく、マットレスをたてかけた上から屋根がわりにタオルケットをかぶせた、簡易的なものだったが。

「朔、穂積お姉さんが来たよ」

朔はダイニングテーブルで、宿題のプリントを広げている。まさしく、ただ広げているだけだった。「ちょっと駅まで迎えに行ってくるね、宿題やっとくんだよ」と部屋を出る時に声をかけた状態のまま、ひとつも進んでいない。

そんなにむずかしい問題が並んでいるわけではない。担任の先生は「十五分程度で解ける内容と分量で作問しています」と言うが、朔はいつもこのプリント一枚に一時間近くかけている。ひと文字書いてぼーっとする、もうひと文字書いておもちゃを触りはじめる、という感じで、信じられないほど進まない。

「おお、こんなむずかしいこと勉強してんだ。すごいなあ」

穂積は肩越しに、朔のプリントをのぞきこむ。ぜんぜんむずかしい内容じゃないのに。すごい、と言われた朔は、ちょっと照れたようにまばたきして、鉛筆を握りなおした。志気塾で何度も筆圧の弱さと書き順を注意されているのに、まだ直らない。のろのろ、のろのろと朔が字を書く。

「わあ！　正解！」

すごい、すごい。なにもそこまでと思うほど、穂積は朔をほめる。ほめられれば悪い気はしないようで、朔はどんどん解答欄を埋めていく。最後まで書いたプリントを両手で広げて、わたしと穂積に見せてきた。すばらしい舞台を味わった観客のような拍手をする穂積につられて、わたしもぱちぱちと手を叩く。

「がんばったねえ」

穂積におだてられて、朔は満更でもなさそうだった。そうかこうすると宿題をするのか、と一瞬感心したが、たぶんわたしにはこの方法は無理だ。宿題が終わるたびに毎日スタンディングオベーションしなければならないなんて。

台所で、穂積からいくつもの紙袋を受け取る。デパートの食料品売り場で買ってきたというお惣菜《そうざい》や、朔のために買ってきてくれたらしいケーキなどが、つぎつぎと出てくる。見たことのない銘柄《めいがら》のお酒や、ミネラルウォーター。どう食べるのかよくわからない形状のチーズと木の実。

「デパートの地下の食料品売り場ってさあ、目につくものぜんぶ欲しくならない？買い過ぎちゃった」

「わたしはならないよ」

「なんだよ、無欲ぶりやがって」

「あ、待って。半分お金払うから」

いいよ、親にもらった商品券で買ったから、と穂積が片手を振る。

「うちの父親の会社、社員の結婚記念日に商品券くれる制度あるんだよ」

独身の社員は商品券をもらえないのだろうか。穂積に訊いても「それは知らない」と、そっけない。

「それにしても穂積はすごいね」

話の流れから、商品券をもらえることがすごいという意味だと勘違いされるかもしれないと案じたが、穂積はわたしの意図を正確に受け取った。

「宿題のこと？　ほめほめ作戦はたまに会う人がやるから効果があるんだよ。ただそれだけの話だよ」

「ほめほめ作戦って言うんだ」

穂積は姉から、件の「ほめほめ作戦」を頼まれたらしい。宿題ではなく、姪っ子のピアノの練習をほめてやってくれと。

「姪っ子はピアノがんばるようになった？」

「もちろん」

穂積が買ってきたものと、わたしがつくっておいたものを並べたら、テーブルがいっぱいになった。普段は「ごはんの時はジュースを飲まない」という決まりになっているのだが、穂積が「パーティーだよ」と言うので、りんごのジュースを出した。わたしたちもビールやワインを飲むのだし。

わたしが出した、じゃがいもとベーコンと玉ねぎをコンソメで煮たおかずの味を、穂積はおいしいおいしいと絶賛した。

「これ、なんていう料理？」

「名前わかんない。母がたまにつくってた」

「あとでレシピ教えて」

レシピ、と言うほどたいそうなものではない。これも「ほめほめ作戦」の一環なのかもしれない。

お腹がいっぱいになると、眠くなった。朔が録画しているアニメを見たがったので、レコーダーの電源を入れてやる。

朔がおだやかな様子なので、ほっとした。朔は最近、ちょっと注意しただけで不機嫌になる。ゴミはゴミ箱に捨てなきゃだめだよ、と言っただけで「どうせおれはだめだよ」と泣き出したりして、かなり不安定な感じがする。

「昨日のあれさあ」

穂積が声をすこし小さくして言うので、身を乗り出した。

「気にしなくていいと思うよ」

昨日のあれ、と復唱して、しばらく考えた。

「ああ、部長の」

ねえ小山さんさあ、と昨日いきなり言われたのだった。甥御さん小学生になったんだよね？　それなのに前より休み増えてない？　と。

直属の上司《じょうし》である経理部長には、わたしの事情はすべて話してある。当初は「たいへんだねえ」と同情されていたし、だから残業をしない、という申し出についてはむしろ喜ばれた。部長の認識ではしかし「子どもは小学校に入れば手が離れる」ことになっているらしい。

休んだり、遅刻や早退をしたりする日がたしかに増えている。朔は身体が丈夫なのか、保育園もほとんど病欠はしなかった。だから想定していたよりは、仕事を休まずに済んだのだ。

でも小学校に入ると、ごくあたりまえに保護者が出席すべき行事がたくさんある。

「過保護なんじゃない？　子どもなんてほっといても育つって」

部長がそう言い放った時、ちょうど穂積が書類を持って入って来たのだった。なに食わぬ顔をしていたけれども、穂積はあの会話をすべて聞いていたようだ。

「だって部長、前に専業主婦の奥さんになんでもまかせっきりだって言ってたよ。あの人、子どもなんか育てたことないんだし。わかんないんだよ、そういうこと」

まあわたしもわかってないけどね、と肩をすくめてケーキにフォークを入れる穂積を見ていた。複雑な形状のチョコレートがのっていて、崩さずに食べていくのがむずかしそうだ。

なにか話したいことがあるのだろう、と思っていた。「なにか」とは、穂積自身に関する重要なこと。でも違った。穂積はきっとわたしに「気にしなくていいと思うよ」とただそれだけを言うために、ここに来たのだ。

子どもなんてほっといても育つのかもしれないが、わたしは朔をほったらかしにしたくはない。穂積に言われて、あらためてそう思った。

「わかった。気にしない」

「うん」

「部長だもん」

「悪い人じゃないんだけどね」

「悪い人じゃないけど、なんで結婚しないの？　とか無神経っぽい感じで訊いてくるよね」

「っぽいんじゃなくて、無神経なんだと思うよ」

ひとしきり部長の悪口を言ったあと、お互いの会社外での近況に話題が変わった。穂積はこのあいだ、猫好きな男女限定の婚活イベントに行ってきたらしい。

「どうだった？」

「猫ってかわいいですよね、という話をするだけで終わった」

穂積が今しがた発した息が、笑いなのかため息なのか、判別しがたい。

「そもそもわたしって本気で誰かと結婚したいのかなあ、とか考えはじめちゃってさ。だって、なんかメリットあるのかな」

「誰かと、の誰かが空欄だと、なおさらイメージがぼんやりするよね」

朔がわたしたちのほうに来たが、すぐにまたテレビの前に戻った。自分にとってどうでもいいような話をしている、とすぐに気づいたらしい。

「あ、わたしの考える結婚のメリット、ひとつあった」

穂積は言って、大きく切り取ったケーキを口に入れる。頬がむぐむぐと動くのを眺めた。

「知りたい？」

「ぜひ知りたい」

「なんで結婚しないの？　って訊かれなくなること」

なるほど。フォークを宙に浮かせたまま、頷いた。一理ある。

「たしかに、なんで結婚したの？　って既婚者に訊く人はあんまりいないもんね」

他人から言われることを、いちいちまともに受け止めていたら、きりがない。聞き流すほうがいい時もいっぱいある。けれども聞き流したつもりの言葉はいつのまにか澱《おり》のように溜まっていくし、なにかささいなきっかけで湧《わ》き上がってきて、心を苦しめる。

わたしも気づかないうちに言っているのかもしれない。気にしないようにしよう、と誰かに思わせてしまうような類のことを。

食べようよ、と穂積に促《うなが》されて、わたしもケーキを口に入れる。じんわりと甘かった。

何回言ったらわかるのっという声が聞こえて、そのあとにばちんという音が続いた。志気塾の教室の中が一瞬、しんとなる。

「だからさあ、違うんだって、間違えてるの」

静原の妻と愛結ちゃんは、わたしと朔のななめ後ろに座っていた。プリントにごしごしと消しゴムをかける静原の妻を見ている愛結ちゃんの瞳《ひとみ》がうっすらと濡《ぬ》れている。

ふにゃふにゃした感じの喋りかたをする人だとずっと思っていたが、愛結ちゃんを叱る時の口調は鋭《するど》い。金切り声、と言ってもいいかもしれない。

四月から同じ空間で、子どもの勉強を見ているからわかる。答えを間違えると怒る。怒る、とは違うのかもしれない。なんで？　とよく言っている。なんで？　このあいだも間違えたよねここ、なんで？　と。

志気塾の先生は静原の妻のことを「教育熱心なお母さんだから」と庇《かば》う。教育熱心だからという理由で金切り声が黙認されている。黙認されていないのかもしれないが、わたしにはそう感じられる。

首を伸ばしてのぞきこんでぎょっとした。テストの結果によっては学年の学習内容より先に進むのが志気塾のシステムだと知ってはいたが、朔と同じ一年生の子がかけ算をやっているなんて。

朔などこのあいだまでひたすら数字のなぞり書きをやらされていて、ようやく足し算になったところだ。国語もひらがなの練習中だが、愛結ちゃんは漢字まじりの問題を解いている。

こんなにも勉強のできる子相手に、いったいなにをそこまで怒ることがあるのだろうか。

「ねえ来週から夏休みだよ？　夏休みはじまるまでにこの単元は終わらせようねってママと約束したよね？　ねえ約束したよね？　なんで？　なんで愛結ちゃんやらないの？　約束やぶって平気なの？」

教育熱心。その言葉を、胸の内で繰り返す。隣では、朔がプリントの端に描いた丸を黒く塗《ぬ》りつぶして遊んでいた。

「朔、やろうよ、プリント」

「うん」

うん、と言うものの、問題のほうは見ない。ひたすら塗りつぶしている。黒い丸がだんだん大きくなる。わたしの苛立《いらだ》ちも。

「朔。朔。さーくー」

声を低めて朔を急かす。まじめにやって、と大声を出したくなるのを、すんでのところでこらえた。静原の妻のように叱りたくない。

ななめ後ろで、静原の妻が「そうそう。えらいねえー」とやさしい声を出すのが聞こえた。たしかに、怒ってばかりいるわけではない。愛結ちゃんがよくできた時はものすごくほめている。それも知っている。だがやさしい顔とこわい顔が交互に現れるため、はたで見ているとよけいに緊張感が増す。人形浄瑠璃《じょうるり》のお姫《ひめ》様が鬼の顔になる瞬間みたいで、心臓がきゅっとなる。

「良い子だね、愛結ちゃん」

去年だっただろうか、朔を連れていった水族館で見たアシカのショーを思い出しもする。なにか芸当を披露するたびに、口の中に魚をほうりこんでもらえるアシカ。とっておきのごほうびみたいに彼女が投げる「良い子」という言葉は、なぜか関係ないわたしを追いつめる。

「朔、ちょっと、ひとりでプリントやれるかな」

「うん」

ほんとかよ、と思いつつ、廊下に出る。このままあそこにいると心臓に悪い。

廊下には、先客がいた。壁にもたれてペットボトルの紅茶を飲んでいる。教室に通ってきている、三年生の男の子のお母さんだった。わたしと目が合うと、かるく頭を下げる。

「見てるほうも休憩《きゅうけい》しなきゃね」

わたしも「あ、休憩……ねえ、はい」と曖昧な挨拶をしながら、並んで立つかっこうになった。

「教室で子どもの隣にいると、ついいらいらしちゃうから」

三年生の男の子のお母さんは小さく肩をすくめる。管《かん》です、と名乗って、眼鏡のつるをちょっと上げた。よかった。いらいらしてしまうのはわたしだけではなかったのだ。

「わかります」

管さんの息子さんは幼稚園の頃からここに通っているそうだが、かと言って小学校の勉強がものすごくできるとか、そういった成果は出ていないらしい。

「いいんですけどね、べつに東大とか入ってほしいわけじゃないから」

そんなふうに言う管さんに倣《なら》って、わたしも壁にもたれて持参したお茶を飲んだ。

「でも勉強がわからないと、学校行くのってつまらないでしょう。授業が苦痛になるっていうか」

「はい。つまんないと思います」

「だからね。最低限のことはしてやろうと。親として」

勉強なんてできなくてもいいよ、人生なんとかなるよ、と言うのは簡単だ。だけどまさしく今、朔は学校で困っている。

先月、個人面談、というものに呼ばれた。学校での朔の様子を先生から聞くというものだったが、さんざんな言われようだった。

授業中、他の子が字を書くペースについていけず、結果みんなを待たせている。体育の時の着替えにせよなんにせよ、とにかくすべてにおいて行動が遅い、みんなでなにかする時に輪《わ》から外れる、授業中ぼんやりしている、先生の話を聞いていない、チャレンジ精神に欠けている、などなど。

ご家庭ではどう過ごされていますか、どうお考えですか。ほとんど難詰《なんきつ》だった。集団登校の集合場所にひとりで行けないことについて話す予定だったが、言えなくなってしまった。

「まあ、すこしずつ成長していくと思いますので……六年生……いや、五年生、四年生ぐらいまでにちゃんとできるようになったらいいですよね、協調性を身につけて」

最後に先生はそう言った。まるで自分自身に言い聞かせているように。

「夏休み、どこか行きます？」

個人面談のことを思い出していたわたしは、よほど暗い顔をしていたらしい。気遣《きづか》うように、管さんが顔をのぞきこんでくる。

夏休み。すこしでも明るい話題を提供《ていきょう》しようとしてくれたらしい。

「あ、海に。一泊で」

「ああ、いいですね。うちは帰省《きせい》だけかな。山奥なんで、カブトムシとったり」

「カブトムシ。楽しみですね」

海には、高雄の親戚《しんせき》がいる。わたしはそこで毎年夏を過ごすという高雄の家族と対面しなければならない。朔も連れていく。そんなにむずかしく考えないで、ただ気楽に遊びに来てくれればいいんだよ、と何度も誘われて、とうとう断り切れなくなった。

教室から、また静原の妻の声が聞こえた。違うでしょ、のあとは聞き取れない。

「すごいですよね、あのお母さん」

管さんが唇を歪《ゆが》める。そのせいで、気遣わしげにわたしの顔をのぞきこんできた人とはまるで別人のように見えた。

「毎回、すごい口調で怒ってますよね」

「教育熱心」

志気塾の先生が何度も使う言葉が、口から出た。

「熱心……熱心って言ってもねえ」

管さんの唇は歪んだままだ。歪んだまま笑うから、意地悪そうな表情になってしまう。

「さすがにあれはないよね」

ないよね、とわたしも思っている。だけど、それはあさましいことだ。わたしはたしかに勉強をしない朔の態度にいらいらしているけれども、あそこまでひどく怒ってはいないからだいじょうぶだ、そんなにひどい保護者じゃない、と安心するために静原の妻を利用している。自分でそれがわかるから恥ずかしい。他人の失敗を横目に

「わたしはまだあそこまでじゃないから」と胸をなでおろす行為は卑《いや》しい。

管さんにことわって、教室に戻る。

「朔、できた？」

「今やってる」

やっていない。黒い丸が大きくなっただけだ。

「終わらないと帰れないんだよ、朔」

すべてのプリントが百点になるまで帰れない。それが志気塾の鉄の掟《おきて》なのだ。終わらせてもらわねば困る。

自分が子どもだった頃「はやくしなさい」と母に言われるのが嫌だった。今やってるのに、やろうとしていたのに、はやくしなさいと言われたとたんにやる気がなくなるのだ。だからはやくはやくと急かしたところで朔が急がないことはわかるのだが、言わずにいられない。母もきっとこのように、身体をちりちり焼くほどに熱い焦燥《しょうそう》感を抱えて「はやくしなさい」と繰り返していたのだろうか。申し訳ないことをした。

「だからなんでそこ、また同じとこ間違えるの！　なんで！」

ななめ後ろでまた静原の妻が叫ぶ。百、九十九、九十八、九十七。百から一まで数えながら目を閉じて、呼吸を整えた。

ホームに降り立ったら、もう潮《しお》の匂いがした。電車の中ですこし眠そうにしていた朔は、まぶしそうに目をこすっている。椿、という声がして、見ると高雄が立っていた。改札で待っている、と言っていたのにホームで待機していたらしい。

「わかりにくいかなと思って。はじめて降りる駅だから」

わかりにくいもなにも、と笑ってしまうぐらいの、小さな無人駅だ。今どきめずらしい木造で、改札だけがぴかぴかしていた。

浮き輪を持った親子が先に立って歩いていく。駅から歩いて行けるところに海水浴場があるらしかった。

「おはようございます、小山朔さん」

高雄が膝を折る。なぜかさん付けだった。

朔が答えたので、びっくりした。学校の先生にも大家さん（マダム）にも挨拶できなくて、苦言を呈されているのに。

「須田《すだ》高雄です。ええと」

「椿ちゃんのコイビト」

朔の言葉に高雄は一瞬まごつき、そう、そ、そう、うん、と何度も首を縦に振った。

朔の発する「コイビト」は、なにか異国の言葉のように聞こえる。

海に行く話をした時に、高雄はわたしの恋人である、と朔に言った。朔が恋人の意味を知っているのかどうか不明だったが、すくなくともわたしには「恋人ってなに？」とは訊ねなかった。

「どうする？　先にホテルに行こうか」

「うん、荷物預けに行く」

もう十四時を過ぎたというのにまだ陽射《ひざ》しがきつくて、帽子をかぶりなおす。高雄が親戚から借りて乗ってきたというハイエースにかばんを積み、ホテルまで向かった。

全室オーシャンビュー、ということだったが、ツインルームの窓は小さかった。建物は古いが、部屋は清潔に整えられている。

わたしが荷物を解くあいだ、高雄はめずらしそうに、鍵についたプラスチックのプレートをいじったりサイドボードの抽斗を開けたりしていた。

「中を見るのははじめてだから」

子どもの頃からほぼ毎年、この海沿いの町で夏を過ごしていたそうだ。ホテルの前を通ることはあっても、親戚の家に泊まる高雄には中に入る用事がない。

「普通のホテルだね」

「そりゃそうだよ」

バスルームから朔の声が聞こえる。

「どうした？」

わたしが反応するよりはやく、高雄がバスルームをのぞきこんだ。朔はトイレと浴《よく》槽《そう》が同じところにあることに驚いているらしい。なぜカーテンがついているのか、と質問している。高雄の身体がバスルームに消えた。

ユニットバスの使いかたを説明する高雄の声を聞きながら、朔のリュックを開ける。必要なものだけ持っていくんだよ、と言っておいたのに、朔はわたしの目を盗んで大量の怪獣《かいじゅう》を連れてきていた。

怪獣のソフビというのは、ウルトラマン等のそれに比して、むやみにかさばる。長い尻尾《しっぽ》を持っていたり、全身が棘《とげ》に覆われていたりするから。そういえば朔の後ろ姿を見た時、やけにリュックがでこぼこしているな、と思ったのだった。

「あ、ベムラー」

バスルームから出てきた高雄が声を上げる。アントラー、ベムスター、ガボラ、と怪獣たちを手にとって名を呼ぶ。瞳がきらきらと輝《かがや》いていた。

「好きなんだ？」

「うん」

高雄と朔のあいだに共通の話題が見つかって、いちばんほっとしているのはわたしかもしれない。ふたりはややぎこちないながらも、ホテルの廊下を並んで歩き出した。わたしがいつまでたっても覚えられない怪獣の名を、まるで競い合うように口にしている。

「記憶力がいいんだね」

好きなもののことならいくらでも覚えてしまう。これぐらいの年齢の子なら、みんなそうだ。でもほめられた朔がうれしそうだったから、わたしも黙ってにこにこしていた。

ふたたび車の後部座席に乗りこんだわたしを、高雄がバックミラー越しに見ている。なにやら、にやにやしながら。

「椿、もしかして緊張してる？」

「ちょっと」

高雄の母親に会うというだけならまだしも、高雄の兄や姉や妹、甥姪やその他の親戚ともいっぺんに会わなければならないのだから、緊張もする。朔も一緒だし。

わたしの家は、親戚が一堂に会する機会など誰かの結婚式や葬式《そうしき》ぐらいしかなかった。年に一度みんなで過ごしている親族、というものがわからない。完全に想像の範《はん》疇《ちゅう》を超えている。

「あの、タイトルなんだっけ？　あの映画のあれみたいな感じ？」

ずっと前に高雄と観たイタリアの映画に、親族が集まってにぎやかに食事をする場面があった。食事中だというのに抱き合うやら唐突に歌い出すやら、たいへんな騒ぎだった。

「どうだろう」

どうやら頭の中でイタリア映画の親族と自分の親族をまじめに比較しているらしい高雄は、しばし無言になる。わたしは窓の外に目を転じて、見えたり見えなかったりする海を眺めた。

海面はところどころ、銀色に見える。今日は天気が良くて、良すぎるほどで、水平線がくっきりと見えた。定規《じょうぎ》を当てたように、気持ちよくまっすぐだ。

高雄の親戚の家は、海のすぐそばだという。どれぐらい「すぐそば」なのかというと、家の窓から船着き場が見えるぐらい、だそうだ。

「どんな船？」

「漁船。小さいの」

二艘《そう》の船が、たしかに繋がれている。小さいの、と高雄は言うがわたしにはじゅうぶん大きく見えた。

それとは対照的に、「親戚の家」はわたしが想像していたよりずっと小さかった。瓦屋根の家は長年潮風にさらされているせいか、灰色がかって見える。

「先に降りといて」

敷地内に車を停める高雄を待つあいだ、朔が「グミ食べていい？」とわたしを見上げる。

「だめ、がまんして」

これからバーベキューに呼ばれるのだ。じつを言うと車を降りた瞬間から、わたしの鼻は煙《けむり》の匂いをキャッチしている。

「おなかすいた」

「うん。すいたね」

昼食にはあまりに遅く夕飯にはすこしはやい時間にはじまるというバーベキューに合わせて、わたしたちは軽めの昼食を摂った。電車の中でパンをひとつ食べたきりだ。

「バーベキュー好き？」

高雄の問いに、朔はしばらく考えてから「わかんない」と答えた。

「食べたことない」

「おいしいよ。きっと好きになる」

家からすこし離れたところに、畑と山にはさまれた空き地みたいなへんなスペースがあった。二台並んだバーベキューコンロと、子ども用のビニールプールとそこにむらがる子どもと、木製の長椅子を運ぶ大人たちがいっぺんに目に入る。

「高雄兄ちゃん」

まず子どもたちが、わっと寄ってくる。高雄兄ちゃんの彼女！　と指さした男の子がいて、お姉ちゃんらしき女の子がその手をぴしゃっと叩いた。

「指さしたらだめ」

男の子がしゅんとしてしまったので、わたしは男の子の胸のあたりをぴしっと指さして「おあいこ」と言ってやった。ようやく、男の子がへへ、と笑う。

「名前教えて」

「タイヨウ」

大きいに東洋の洋、とごていねいに漢字まで説明してくれる大洋《たいよう》くんは、朔と同じ一年生だった。ユキと名乗ったお姉ちゃんのほうが朔の肩をぽんぽんと叩いた。

「あんた、すいか割りしたことある？」

「ない」

「あとでやろ」

「うん」

朔は、子どもたちに囲まれて、あっというまに連れていかれてしまった。一度わたしのほうを振り返ったが、頷いてみせると、すこし笑った。

あの子たちはなんだかみんな、高雄に似ている。屈託《くったく》がない、明るい、というだけではない、絶妙な親しみやすさを備えている。

「行こうか」

高雄に連れられて、高雄の両親、兄、姉およびその配偶者、親戚の順番で挨拶する。高雄の妹は仕事で、遅れて来るそうだ。彼らは切った野菜を家から運んだり、火をおこしたりと忙しそうで「手伝います」と名乗り出ると、皆一様に「いやいやいや」と手を振る。

「お客さんなんだから、座ってて」

あのへんに、と示された長椅子にいったん腰かけた。子どもたちはすいかを冷やしているらしいビニールプールにスーパーボールを投入して、わーわー騒いでいた。朔は一緒に騒ぎはしないものの、すいかを興味深げに眺めている。

「疲れたでしょ」

高雄がスーパーの袋をがさがさ言わせながら、隣に腰かけた。しいたけのパックが大量に出てきた。「しいたけの軸《じく》をキッチン鋏《ばさみ》で切り落とす」という役目を仰《おお》せつかったらしい。しいたけのパックにかけられたフィルムを剝《は》ぐのを手伝った。しゃきん、しゃきん、と音をたてて、カサと軸が切り離されていく。わたしは軸の部分も味わい深くて好きだし、自分が料理をする時にはそのまま煮たり焼いたりしてしまうのだが、口には出さなかった。バーベキュー時ならではの、切り落とさねばならない理由があるのかもしれない。網《あみ》にひっかかるとか。

「うん、疲れたよ。微妙に遠いし」

わたしたちの住む町から、電車を乗り継いで二時間半。

「お盆《ぼん》で混んでるしね」

「普通、疲れたでしょって訊かれたら、そんなことないよって答えない？」

「だって疲れたもん。あと普通ってなに？　誰と比べてんの？」

「誰でもないよ。正直でいいなと思っただけだよ」

「こんど来る時は、一緒に車に乗せていきますよ」

いきなり背後から声がしたので、驚いて振り返った。

耳が露出《ろしゅつ》するほど髪を短くした女の人が、腰に手を当てて立っている。

「木実香《きみか》」

高雄の妹の名は覚えていた。高雄は兄や姉のことは「兄ちゃん、姉ちゃん」と呼ぶが、妹のことは名で呼ぶから。

「あたし、こいつの妹です」

木実香さんが人差し指を高雄に向ける。長い爪が高雄の頭に突き刺さりそうだった。

「こいつって」

お前なあ、とため息をつきながら、しいたけでいっぱいになったボウルを抱えてバーベキューコンロのほうに向かう高雄と入れ違いに、木実香さんが座った。

「いきなり彼氏の親族の集まりに連れてこられるって、地獄じゃないですか？」

「地獄というほどではないけど、気づまりではありますね」

ほんとに正直、と笑いながら、木実香さんはわたしに缶ビールを差し出した。

「うちの家族にはそのほうが受けると思いますよ」

そろそろ焼くぞー、と呼ばれて、バーベキューコンロに集まった。半透明《とうめい》の烏賊《いか》の身が網の上できゅっと縮んで、反り返って白くなっていくところを見守る。もう一台のコンロで高雄が肉の串《くし》を焼いていた。

いつのまにかテーブルが出されていて、そこにサラダのボウルやおにぎりを並べた大皿が並んでいる。

「椿さん、食べて」

高雄のお母さんが、良い色に焼けた野菜や肉をのせた皿をテーブルに置く。

「ありがとうございます。いただきます」

朔は長椅子でおにぎりをもらって食べていた。学校ではひとりでいることが多いという朔が他の子どもと楽しそうに話している姿を見ただけで、泣きそうになってしまう。

「かわいいわね、朔くん」

いつのまにか、隣に高雄のお母さんが立っていた。

「そう……ですか？」

もちろん、朔はかわいい。ただそれはともに過ごした年月であるとか、そういったものが礎《いしずえ》となって生まれたものであって、初対面の赤の他人が見て「かわいい」と感じる子どもではないと思っていた。特別に容姿が優れているとか、愛想が良いというわけでもないから。

「それに、良い子ね。きっと今日まで、しっかり育ててこられたのね」

「そう……でも……ない、ですよ」

ひらがなの修得が遅れたことや、週に二度以上お惣菜を食べさせてしまっていることなどを正直に話したほうがいいのだろうか。うちの家族には正直なほうが受ける、と木実香さんは言ったが、判断ができかねる。そもそも自分が高雄の家族に「受けたい」と思っているのかどうかも。良い子か。口の中で高雄のお母さんの言葉を転がす。ねえ、良い子ってなんなんでしょうね、高雄のお母さん。あなたの息子さんは良い子でしたか？

ぴりっとしたソースのかかった肉を口に入れる。すでに冷めていたが、炭火《すみび》で焼いてあるせいか異様においしく感じられた。

「子どもはいずれ、離れていくものよね」

高雄のお母さんは立ったまま、おにぎりをもぐもぐと食べている。座りませんか、とわたしが言うのもへんな気がする。

「自分がいなくても生きていけるように育てるのが、親の役目だわ」

「そうですね」

「でも、はやくお母さんと一緒に暮らせるといいわね、朔くん」

どこまでの事情を聞いているのだろう。高雄は、わたしと朔のことを、どんなふうに説明したのだろう。

子どもは親が育てるもの。高雄のお母さんの悪気のなさそうな口調から、あたりまえ過ぎるほどあたりまえにそう考えていることが伝わってきた。自分の息子と結婚するというならひとりで甥を育てているなんていうややこしい事情を抱えた女にはご遠慮願いたい、とまで思っているかどうかは判断がつかない。

「……このソース、とてもおいしいです」

なんと答えるべきかわからず、むりやり話題を変えた。高雄のお母さんは口の端だけで微笑んで「かんたんよ。あとでレシピ教えてあげる」と答える。

ホテルから歩いていける砂浜には、誰も人がいない。このあたりでは、お盆は海に入ってはいけないことになっているのだという。死んだ人の魂《たましい》が云々、というオカルト的なことではなく、クラゲが出るとか、波が高くなるとか、そういう理由があるらしかった。

朝早く、朔を誘《さそ》って散歩に出た。

白くしゅわしゅわと立つ波が、朔にはめずらしいようだ。じっと見ているが、近づこうとはしない。乾いたところを選んで、歩いていく。やわらかい砂に足をとられる。

両手を水平に伸ばしてバランスをとりながら、そろりそろりと進む。小さな貝殻をいくつも拾った。砂がついたままの貝殻を、朔がポケットにねじこんだ。わちゃあと焦りつつ、まあいいかと思い直した。そんなのたいしたことじゃない。ひろびろとした場所で、わたしの気も若干大きくなっている。

「入りたかった？　海」

「いい。こわい」

朝の海は静かで、飛んでいる鳥の声も車の音も遠くて、たしかにすこしだけ、こわかった。世界にわたしたちふたりきりしかいないような気さえする。

　ポケットの中で、スマートフォンが振動した。いっしょにお昼ごはんを食べようという、高雄からの誘いだった。ふたりきりの世界に、ほんのすこし色が灯《とも》る。

無神経すれすれのすこやかさ。高雄について、いつもそう思ってきた。だけど、そこに何度も救われてきたこともたしかだった。

　来て良かった。

　高雄がいて、良かった。

「高雄が、海鮮丼《かいせんどん》を食べに行こうって。市場においしいのがあるんだって」

「市場ってなに？」

「魚とか、そんなのをたくさん売ってるところ」

ふうん、とうつむく朔の前髪についた砂をはらってやる。大きめの貝殻で、砂に線を引く。ただの斜線かと思ったら、「く」という字になった。

「見て」

「うん。朔の『く』だね」

く、とか、し、とか、つ、は比較的きれいに書けるようになったので、気に入っているらしい。椿ちゃんのつ、と言いながら、朔はまた砂に字を書いた。

「漢字で書くと、こんなだよ」

椿、と書いてみせると、朔は自分の名前を書いてほしがった。

「漢字、ごちゃごちゃしてる」

「ひらがなと比べたらね。でもひとつずつ、ちゃんと意味があるんだよ」

椿の咲く季節に生まれたわけでもないのに、母の好きな花だからという理由で、こんな名前になった。

「おれの名前の漢字も？」

「うん」

椿の隣に、朔、と書いてから、しばらく眺める。朔。新月。

月が満ち、やがて欠け、もとに戻る。

鈴菜は、どうして朔という名を自分の子どもに与えたのだろう。朔という名はうつくしくて、すこしだけさびしい。さびしいことはいけないことではないけれども。

波の音が、わたしたちの沈黙を埋める。鈴菜が見ている海は、ここと違うのだろうか。色が。香りが。あるいは、匂いが。

朔がわたしの字をお手本に書いた「朔」の字は、ただのぶかっこうな線のあつまりになった。

二学期からカタカナの学習がはじまるという。学校の宿題も志気塾の宿題もまだ終わっていないことを思い出して、うっすらと心が曇った。

海のほうを向くと、潮まじりのすこしべたつく風がふいて、前髪を揺らす。わたしにつられたのか、朔も顔を上げる。朝の光の中で見る朔の瞳の美しさに息を呑む。白目の濁りのなさに、瞳孔《どうこう》の周辺に散った虹彩《こうさい》の色の明るさに。生まれてから十年も経《た》っていない人間は、身体のパーツがいまだ新品同様で、いちいち驚いてしまう。

朔に教えてあげなければならないことが、山のようにある。勉強だけではなく。

自分がいなくても生きていけるように。高雄のお母さんが言ったことを思い出す。わたしであれ、鈴菜であれ父であれ、ずっと朔のそばにいてやれるわけではない。どんなことがあっても生き延びていけるように、わたしの知っていることはすべて、教えておきたい。

生き延びる力。具体的にそれがなんなのか、どういったものであるのか、よくわからないまま、涙が出そうなほど強く願う。

生きてほしい。勉強ができたほうがいいとか、周りとうまくやってほしいとか、朔に願うことは山ほどあるけれども、その根源をつきつめると、結局そこに辿りつくのだった。わたしは、朔に生きてほしい。「良い子」じゃなくたっていい。ただこの世界を生き延びてほしい。ただ、それだけ。

朔はまだ、海を見ている。

十一月

母が生きていた頃、料理をつくったり、お風呂掃除《ふろそうじ》をしながらよく歌っていた歌がある。娘時分のヒット曲だったのだろうか。男女の三角関係のもつれを歌った内容で、さあさあどちらを選ぶの、とつめよるくだりはかなりの迫力《はくりょく》があった。わたしの脳内では今、その歌がエンドレスで流れている。目の前では、女の子が泣いている。小指に光る金色の指輪。ピンク色の石が嵌《はま》っているが、それがなんという名の石であるのかは知らない。

高雄が怪我《けが》をした、という知らせを本人から受けた。転勤先の大阪支社から仕事でこっちに来ていた。でも、日帰りなのでわたしとは会えないという連絡はそれより以前に受けていた。

高雄は訪問した取引先の建物から出た直後に、路上で原付とぶつかった。原付を運転していた大学生は左腕を、高雄は右足を骨折したのだという。それが月曜日のことだった。

命に別状はないが「しばらくこっちにいることになるかも、ていうかもうこのまま大阪支社からこっちに戻れたらいいのに」というのんきなメッセージを送ってきた。

そののんきさが、わたしに「お見舞いは明日以降でいいか」という判断をさせた。高雄も「無理しなくていいよー」というような返答だったし。

ただでさえ朔の学校関連のことで休みをとりまくっているのに、という会社への申し訳なさが、更にお見舞いに行く日を週末に延期させた。

そうして今日、ようやく朔を父に預けて、高雄が入院している総合病院を訪れることができた。そうして病室に入ったら、高雄のベッドの脇に女の子がいたのだ。

女の子は、高雄に寄り添うようにして掛布団《かけぶとん》を直しているところだった。

やべえ。高雄の額に、その三文字がくっきりと浮き出ているように見えた。

女の子は真弓《まゆみ》さんというらしい。高雄は、真弓さんはこっちの支社勤務の会社の後輩であり、大阪支社との連絡等のついでにお見舞いに来てくれるのだ、というようなことを、「しどろもどろ」という言葉の見本のような調子で説明した。

「ああ、そうなんだ」

そう答えたわたしは、たぶん無表情だったと思う。どんな顔をしたらいいのかよくわからなかったのだ。真弓さんが「あの、ちょっとお時間いいですか」とわたしを病院の地下の喫茶室に誘った。だから今、こうして向かい合っている。

　席につくなり真弓さんは泣き出した。めそめそ、という感じで鼻にハンカチを押し当てるが、涙を拭く時にはハンカチを三角に折って、目頭のあたりで吸い取らせる。マスカラが流れ落ちないようにしているのだ。泣き慣れている。

　ふたつ隣のテーブルについているおじいさんとおばあさんが時折、こちらを見る。わたしが泣かせているように見えるのか、非難がましい視線が石のつぶてのようにわたしの全身にぶつかる。

「誤解しないでください」

　めそめそしていた真弓さんがようやく口を開いた。

「誤解？　なにがですか？」

　真弓さんについては、「会社の後輩」というデータしか与えられていないのに、誤解しようがない。

「高雄との仲を疑っているのではないか、ということなら心配しないでください」

え、と真弓さんが顔を上げる。さっきまで泣いていたはずなのに、その目はみょうに乾いていて、紙を鉛筆で塗りつぶしたように光も奥行きもなかった。

「高雄は、浮気はしません」

その瞬間、ものすごい変化が起こった。真弓さんの唇がぐんにゃりと歪んだのだ。

へえ、と呟いた声はさっきよりも低い。

「すっごい自信ですね。自分以外の女を選ぶはずがない、って感じですか？」

すっかり冷めてしまっているであろうココアに口をつけて、上目遣いにわたしを見た。わたしは自分が頼んだコーヒーをとうに飲んでしまっている。喉《のど》が渇《かわ》いたが、食券を買いに行くのが億劫《おっくう》で水を飲んだ。

「そんなことは言ってませんけど」

高雄がわたし以外の人を好きになることはじゅうぶんにあり得る。

でも、どちらにもいい顔をして同時進行でふたりの女との交際をすすめていく、というようなことは、高雄はきっとしない。というか、できない。

「信頼し合ってるんですね」

「信頼ではありません。高雄の過去の言動等のデータから推測しただけです」

真弓さんは、華奢な身体つきの、髪をきれいに整えた、とてもかわいらしい女の子だ。鈴菜より若いかもしれない。

「わたし、毎日お見舞いに来てました」

真弓さんが、わたしをきっと睨《にら》む。

「そうですか」

「須田さんはみんなの前で、お見舞いに来ない彼女さんのこと、ずっと庇《かば》ってましたよ。忙しい人だからって」

みんな、とは誰のことなのだろう。高雄の会社の人たち、という意味か。わたしと高雄は「みんな」を共有していない。学校とか職場とか、そういう場所で知り合ったわけではないからだ。そのことを、今はじめてほんのすこしだけさびしく思った。思ったが、しかし。

「お見舞いのタイミングとか、頻度とか、それはわたしと高雄の問題なので他人が口を出すことではありません」

はああ、と真弓さんが息を吐く。心底呆《あき》れました、という表情に見えた。ココアをぐびぐびと飲み干す。椅子に身体を預けるようにして、顎を上げてわたしを見た。

「あっきれた」

片腕を椅子の背もたれに乗せて、無理だわー、と首を振る仕草が中年男性じみていた。へんな女の子だ。表情や態度が、くるくるころころ変わる。

「わたし、須田さん狙《ねら》ってるんですよ、入社した時からずっと。でも無理。まるで脈《みゃく》ないし、彼女さんはこんなだし、最悪です」

「こんなって」

思わず、笑い出してしまった。笑っている場合ではないのだが。

「狙ってるの？　高雄を」

「だって悪くないでしょ、須田さん。顔もまあまあだし、センスも悪くないし、仕事もまじめだし、次男だし。結婚相手にはちょうどいい」

「結婚したいの？」

「そりゃしたいですよ」

高雄は「ちょうどいい」のか。気立てのいい男であるとは思っていたが。そう言うと、真弓さんは「気立てがいい、って日常会話で使う人はじめて見たんですけど」と鼻をスンと鳴らした。

「良かったね」

「なにがですか」

「今日はじめて見られて。日常会話で使う人を」

もうやだ。真弓さんがテーブルに突っ伏す。というか、わたしに「狙っている」ことを話してしまって、よいのだろうか。わたしには想像もつかないような大胆な作戦なのかもしれないが。

「須田さんの彼女さんと喋ってると、ペースが狂《くる》います」

「小山といいます。小山椿。須田さんの彼女さんって呼ぶのやめてもらっていいですか。さんが二回続いて、落ちつかないから」

わたしは真弓さんになんとなく興味を持ちはじめていた。「狙っている」なんて言うわりに、この子の言動や表情、挙措などからは狡猾《こうかつ》さとか老獪《ろうかい》さとかが感じ取れない。素直すぎる人は、調略的な恋愛に向かない気がする。

「須田さんって、こんなアクの強い女の人を好きになるような男の人なんだなって思ったら、嫌になってきました」

あらためて、真弓さんを観察する。やわらかく巻いた髪。白いブラウスと淡い水色のふんわりしたスカート。ていねいに描かれた眉や、ベージュがかったピンクに塗られた爪。たしかにアクは強くない。黒いゴムでひとつに結わえただけの自分の髪型を窓ガラスで確認して、しみじみ思う。でもわたしだって、べつにアクは強くないと思いたい。人をゴボウみたいに言わないでほしい。悲しい。どうせ根菜ならニンジンぐらいが良かった。まだしもおしゃれ感が出せるような気がする。

「真弓さんは、どうしてそんなに結婚したいの？」

子どもが欲しいから。真弓さんが答えた理由は、至極《しごく》きっぱりとしていた。なるほど、と頷きながら、朔のことを思った。今頃なにをしているだろう。宿題は済ませただろうか。おじいちゃんと仲良くやれているだろうか。

子どもが欲しい、とわたしが思わないのは、朔が傍にいることでそういった欲求がある程度満たされてしまっているからなのかもしれない。

「真弓さん、連絡先教えて」

「どうしてですか」

「なんとなく」

「嫌です。友だちになっちゃったら、ますます須田さんに手出しづらくなる」

真弓さんがかばんをつかんで、立ち上がる。わたしは連絡先を訊ねただけでべつに友だちになろうなどと提案したつもりはなかったのに。なんだかふられたみたいな気分になってしまい、わたしはしょんぼりと顔を伏せた。

「わたし、このまま帰るんで。あなたは病室に寄っていくんでしょ」

それでは、と背を向け、足音高く去っていく真弓さんを見送って、病室に戻った。

高雄は、わたしの顔を見るなりまた「やべえ」という顔をする。頬か腕の内側を、思うさまつねりあげてやりたい衝動に駆《か》られた。

冷蔵庫に取りつけられたタイマーがピピピと鳴って、その音のけたたましさに小さくとびあがった。

「すごい音だね」

「特別に大きい音のやつをさがして買ったんだ」

そう答えた父が、朔を踏み台に上がらせる。穴あきのお玉で、鍋《なべ》の中のたまごを掬《すく》うように指示した。おそるおそる、といった手つきで朔がたまごを掬い取り、わたしが捧《ささ》げ持っている氷水入りのボウルに入れるまで、父もわたしも息をつめるようにして見守った。

「たまごをゆでたらね、すぐ冷やすの」

「そしたら、殻がむきやすくなるんだよ」

競い合うようにしてゆでたまごづくりのこつを教えている自分と父が、すこしおかしかった。

朔が「お料理とかしてみたい」と言い出したのは夏休み明けのことで、どうやら高雄の親戚の家でのバーベキューがきっかけらしかった。目の前で切ったり焼いたりして食べる、という行為がものめずらしかったようだ。

「最初は、包丁《ほうちょう》を使わない料理からはじめたらどうだろう」

父が提案したので、まずはゆでたまごをつくることになった。孫と一緒に台所に立つのが、父は楽しいようだ。キッズサイズのエプロンを用意して、キッチンタイマーまで新調していた。たいへんなはりきりようだ。

朔に料理を教える。その思いつきに、わたしもまた熱中している。熱中しようとつとめている。そうしないと、高雄のこととか、真弓さんのこととか、考えてしまうから。

狙っている、か。真弓さんの、あの堂々とした態度。すごかった。すごかった、なんて感心している場合ではないのだが。

もう考えまい。いやむしろしっかりと考えるべきなのかもしれない。考えてもしかたないことのような気もする。わからない。わからない。

「ゆでたまごがつくれるといいよ。そのままでも食べられるし、サラダや煮物なんかに入れてもいいし」

「つぶしてマヨネーズで和《あ》えたら、たまごサラダになるね」

「サンドイッチにはさんだり」

サンドイッチ、という単語に、朔が反応した。

「僕、たまごのサンドイッチ食べたい」

「それはいいな」

父が朔の頭に、ごく軽く触れる。

「だけど、パンがないね」

「あ、じゃあわたし、買ってくるよ」

たしかに、ゆでたまごだけ食べるよりたまごサンドにするほうがいい。それだけで昼食になる。財布をつかんで立ち上がった。

「他にいるものない？　ついでに買ってくる」

ないよ、と答えた後で、父が「ハムサンドもいいね」と言い出した。それならレタスかきゅうりもはさみたいし、とどんどん話が広がってしまう。料理の初級編としてたまごのゆでかたを教えるつもりだったのに、思いがけずおおごとになってしまった。

マンションの近くに、新しいスーパーマーケットができていた。もとからスーパーマーケットだったのだが、一度閉店してまた違う店になった。前は全体的に薄暗くて品揃《しなぞろ》えも悪いという理由で、わたしたちの家族はあまり利用したことがなかった。

新しい店は照明も明るく、野菜も魚も新鮮《しんせん》そうに見えた。クリームチーズが安くなっていて、よしよしと思いながらカゴにほうりこむ。クリームチーズとブルーベリーのジャムの組み合わせが朔は好きで、トーストに塗ってやるとよく食べる。サンドイッチにしてやったら、よろこぶだろう。

　はじめて入るスーパーマーケットは、どこになにがあるのかよくわからない。うろうろしていると、菓子売り場で見覚えのある子どもを見つけた。静原愛結ちゃん。しゃがみこんで、ピンク色の箱を手に取っている。チョコレートにアクセサリーのおまけがついている、というよりアクセサリーがメインのような商品。わたしも、鈴菜も、子どもの頃によく買った。

　もっとも、同じ小学校の子どもを学区内で見かけることはめずらしくない。愛結ちゃんに声をかけるより先に、背後から名を呼ばれた。母ではなく、父のほう。

「ひさしぶり」

　ひさしぶり、という感じがまったくしない。このあいだの運動会でもビデオカメラをまわしている姿を見かけた。だが会話は交わしていない。

　パパ、と愛結ちゃんが駆け寄ってくる。わたしは「こんにちは」と言ったが、愛結ちゃんは静原の足にしがみつくようにして、わたしをじっと見上げただけだった。

「朔くんは？」

「朔くんは、おじいちゃんの家でたまごをゆでてます」

　愛結ちゃんの返事はない。感情の読みとれない曖昧な表情でわたしと父親の顔を交互に見るだけだ。

静原は、愛結ちゃんを連れて実家に帰ってきているところだ、と言った。

「今日は一日、奥さんに休みをあげようと思って。だからふたりで」

「ああ、そう」

「赤ちゃんの頃からたまに、そうしてるんだ。ずっと子どもとふたりきりだと、苦しくなっちゃうでしょ。すぐピリピリしちゃうから。できる限りサポートしてあげようと思って」

志気塾で、強い口調で娘を叱る静原の妻の姿が頭をよぎる。

「はあ」

ただ頷くわたしに、静原の表情が一瞬翳《かげ》る。いいパパだね、とか、奥様思いの旦那《だんな》様で奥様お幸せね、という返事を期待していたのかもしれない。わたしからすれば静原が「休みをあげる」と、雇用主《こようぬし》みたいな言いかたをすることのほうがよほど気になる。そのくせ「サポート」とはなんだ。どうして急に他店からヘルプに来たバイトみたいなことを言い出すのか。

「じゃあね」

背を向けた、その後ろで静原が愛結ちゃんになにか言っているのが聞こえたが、よく聞きとれなかった。

戻ってみると、ゆでたたまごはみじん切りにされて、マヨネーズで和えられ、あとはパンにはさむばかりという状態になっていた。

朔がたまごの殻を存外器用にむいたことを、父は大げさなぐらいにほめそやした。手先が器用だ、と。朔は面映《おもは》ゆそうにまばたきをする。

「スーパーで愛結ちゃんに会ったよ」

中学・高校の同級生の静原の娘だ、と説明したが、父は当然静原のことを知らなかった。わたしたちが学校に通っていた頃、父の仕事はいちばん忙しかったはずだ。鈴菜はともかく、わたしの学校行事に参加したことは、おそらく一度もない。

「おれ、愛結ちゃん嫌い」

驚いて、買い物袋をさぐる手を止めた。

「え、なんで？」

「嫌なこと言う」

「どんな？」

朔は答えない。父が、困ったように眉を掻く。

「朔、お友だちとは仲良くしないと」

「お友だちじゃないよ」

「同じ学校の子だろう」

たまたま同じ学校の同じクラスに入ったからといって、仲良くできるとは限らない。でもそんな理屈は父には通じないだろう。子どもは無邪気なもので、「みんな仲良く」が可能だと信じている、信じられてしまう人だから。

「違うよ、違うよ」

朔は口を尖らせる。なにがどう違うのか、わたしは聞きたかった。

「女の子にはやさしくしないとだめだよ、わかったね」

でも父はそう言い放って、会話を終わらせてしまう。うつむいた朔の唇が、かすかに歪んだ。


サンドイッチのできばえは、悪くなかった。

朔が夏休みに砂浜で拾った貝殻を見せると、父はキリで穴を開けて、チェーンを通してくれた。ランドセルにつけたらいい、と渡されたそれを、朔はさっきから何度も目の高さに持ち上げて眺めたり、揺らしたりしている。

「おいしかったね」

「うん、おいしかった」

「おじいちゃんも楽しそうだったね」

帰り道を歩く朔の歩みはのろい。貝殻に夢中だから。

「前見ないと危ないよ」

「うん」

「次はなにをつくろうか」

「ハンバーグ」

「ハンバーグかー」

いきなり難易度が上がった。玉ねぎを切って、炒めて。それから。手順を思い浮かべていると、朔が唐突に言った。

「サンタクロースっていないんでしょ」

不意打ち過ぎて、とっさに声が出なかった。ハンバーグの話をしていたのではなかったか。

視線の先に百円ショップがあって、それで理解した。もうクリスマスの飾りを販売している。ハロウィンが終わると、すぐに街は赤と緑に彩られる。

朔にサンタクロースの存在を信じていてほしい、と願ったことは正直なかった。

「白いひげのおじいさんが空飛ぶそりでトナカイとともにプレゼントをくれる」というのは設定である、という認識が、わたしには子どもの頃からずっとあった。そんな話をすると、多くの人がわたしを「ずいぶんさめた子どもだったんだね」と言うが、べつにさめていたわけではない。

　設定であると認識したうえで、ぞんぶんに楽しんでいた。ほんとうにいるとかいないとか、どうでもいいことだ。おばけ屋敷のおばけはつくりものだとみんな知っていて、でもいちいち「つくりものでしょ！」と指摘したりしない。

　ほんものじゃないと楽しめないなんて、誰が決めたのだろう？

　でも、高雄をはじめとする周囲の人はよく「サンタがいないと知ってショックを受けた時の話」をする。穂積など「心の傷」とまで言う。

　だから、慎重に取り扱うべき事柄であるとは思っていたのだが、不意打ちだった。こんなにいきなり「サンタクロースっていないんでしょ」が来るとは思っていなかった。

　嘘をつくのは嫌だ。朔を騙《だま》したくない、という気持ちもあるけど、それだけじゃない。

　嘘をついたという事実により、自分がストレスを抱えることがつらいのだ。「良い子にしてないとサンタさん来ないよ」という物言いも、ついでに言うと好きではなかった。だってそんなの、脅迫《きょうはく》じゃないか。

「いないっていうか、いるっていうか、まあ、人じゃないからね」

ヒトジャナイ！　朔が頓狂《とんきょう》な声を上げた。

「そうだよ。ええと……」

設定、という言葉を使うべきでないことぐらいわたしにもわかる。

「サンタクロースっていうのは人名じゃなくて、大好きな人にプレゼントをあげることとか、そうしたい気持ちのことを言うんだよ」

「気持ち」

「うん、そういう気持ちを擬人化《ぎじんか》した姿だよ、あの白いひげのおじいさんは」

「ギジンカシタスガタってなに？」

ギジンカシタスガタ、というひとつの単語のように、朔は受け取っている。ひとつの質問が更なる質問を生む。質問クリエイターという異名を朔に捧げたい。

「あのね、誰かにプレゼントをあげたい気持ちや、あげる行為を総称して『サンタクロース』なんだよ。だからプレゼントをあげて誰かを喜ばせたい、って思う人は、みんなサンタクロースなんだよ。だからわたしもサンタクロースなの。朔と一緒に暮らすようになって、だから、サンタクロースになれたの」

「椿ちゃんも？」

「そう」

そうなんだ。朔は頷いて、歩き出す。

ショックを受けたのだろうか。わからない。それ以前に、この説明で納得したのかどうかも。

「おれもサンタクロースになれるかな」

アパートに帰りついてドアの前で鍵をさがしていると、朔がぽつりと呟いた。

「……なれるよ、もちろん」

朔は、誰かを喜ばせたいと思っているんだろうか。

よかった、と笑う顔を見て、なぜか鼻の奥がつんと痛くなる。

「さ、はやく入ろうね」

背中をぽんぽんと叩いて、朔に顔を見られないようにした。

鈴菜は、サンタクロースを信じていただろうか。

お気に入りの映画を再生するように、繰り返し思い出すできごとがある。うちには父が買ったクリスマスツリーがあって、十二月に入るとわたしと母で飾りつけをするのが常だった。鈴菜はたしか、二歳頃から飾りつけに参加した。

ツリーのてっぺんには星を飾るものだと、わたしも母も教えていないのになぜか鈴菜はちゃんと知っていて、自分がそれを飾るのだと言ってきかなかった。身長が足りない妹のために、わたしが抱えあげて、星を飾らせてやっていた。かつて自分が、母にそうされていたように。

「ベツレヘムの星だよ」

お菓子がもらえるという理由で行った近所の教会で教えてもらったとおりに、わたしは鈴菜に教えてやった。

「ぺちゅれれむ」

「ベツレヘム」

笑いを堪えつつ何度も教えたが、鈴菜はとうとうベツレヘムと言えなかった。鈴菜の口から発せられる「ぺちゅれれむの星」はでも、なんだかとてつもなく、尊いものに思われた。

高雄が入院している病室の、隣のベッドのおじいさんが退院したらしい。退院の日に奥さんが「お世話になりました」とくれたお菓子が、わたしの好きな生八つ橋だったというメッセージが高雄から送られてきた。食べにおいでよ、ということらしい。

病室に行ったら、サイドテーブルに飾られた花がしおれていた。知らんぷりを決めこんでやろうと思ったが、腐《くさ》った水の臭いに耐えられず、流しに持っていって花瓶《かびん》を洗う。

「真弓さん、水替えてくれなかったの」

「来てないよ、あれから」

真弓さん、という名を聞くなり、また「やべえ」という顔をする。

あれから、ということは、もう一週間来ていないということらしい。

「お茶買ってきた？　食べなよ」

生八つ橋の箱を差し出してくる。

「食べるよ」

今日は、朔も連れてきた。さっき外来の待合室を通ったところで、高雄の見舞いを終えた木実香さんと会い「朔くんと公園で遊んで待ってるから、行ってくれば」と言われたので、甘えた。「ごゆっくり……ンフフ」という意味深な笑いには気づかないふりをした。

「おいしい？」

高雄がそわそわとわたしの顔をのぞきこむ。

「まだ食べてないから」

「あ、ごめん」

しゅんとうつむく高雄は、まだまだぎっちりとギプスで足を固定されたままで、痛々しい。あんまりいじめてはいけない気もしてくるから、怪我人はずるい。

「椿、カーテン閉めてくれない？」

向かいのベッドのおじいさんの視線が気になるらしい。カーテンをすっかり閉めてしまうと、とたんに狭苦しくなった。

「真弓さん、わたしに高雄のこと狙ってるって言ってたよ」

「なにもないよ、真弓さんとは」

知ってるよ、と言いながら、おそろしくかたい生八つ橋の袋を素手《すで》で破《やぶ》ろうとがんばる。貸せよ、と高雄が手を出した。

「怪我人にこんなの渡せない」

「手は怪我してないよ」

高雄は顔を赤くして、袋を引っぱった。力任せにやったせいで、生八つ橋がのったプラスチックのトレイがひしゃげている。

「開いたよ」

どうだ、という顔をしている。話をそらすつもりだろうか。

「なにもなかったけど、真弓さんから好かれてることに気づいてはいたんでしょ」

うん、とううん、の中間のような声を、高雄が発する。

「どうなの」

「まあ、うん」

「まんざらでもなかったでしょ」

答えない。それが答えだ。

生八つ橋をふたついっぺんに口にほうりこんで、もっきゅもっきゅと食べた。

「……そりゃあ、まんざらでもないよ。好かれて嫌な気分になるわけないよ」

四方をカーテンに囲まれた空間で、わたしたちは見つめ合う。しみじみと高雄の顔を見るのは、久しぶりのことのような気がした。出会った頃と比べたら、さすがに老《ふ》けた。それはこちらも同じなのだろうが。

「わたしが言うのもなんだけど、真弓さんって悪い子じゃないよね。一回お茶飲んだだけだけど」

「いい子だよ、実際」

それなりに腹黒くて、計算高くて、でもそれを完全に隠蔽《いんぺい》できるほど狡猾でも老獪でもない、そういういい子。高雄の見解は、わたしのそれとおおむね一致《いっち》している。

「真弓さんみたいな子と一緒にいるほうが、高雄は幸せなのかもしれないね」

一週間ずっと、考えていたことだった。

「……それで？」

「だけどわたしは高雄が好きだから」

「うん」

「『じゃあここらで身を引きますわ』ってことにはならないんだよね」

「うん、うん」

「譲《ゆず》れない。高雄のことは、誰にも」

はあ、と高雄が大きく息を吐く。

「あたりまえだろ」

高雄が腕を伸ばして、わたしの肩を引き寄せる。顎のあたりの皮膚を、すこし伸びたひげに削られた。

「正直言うと、ちょっといいなと思ってたよ、真弓さんのこと」

「やっぱりね」

「かわいいし。なにかと助けてくれるし」

肩に頭を乗せて、高雄の声を聞く。椿、とわたしを呼ぶ声を。

「椿とは、ここ何年もゆっくり会えてないし」

「うん」

「椿は、一緒にいる時もたまに他のこと考えてる時あるし。眠そうな時も多いし」

「……うん」

「でも椿がいいんだ、俺は」

椿がいい。高雄がそう繰り返す。

「わざわざ言うほどのことでもないかなと思ったんだけど」

「譲れない、って言ってくれてよかった」

「言うほどのことだろ、じゅうぶん」

真弓さんとのことについて、高雄を疑う気持ちはなかった。それはほんとうのことだ。でも仮になにかあるとしても、わたしにそれを責める資格があるのか、という気持ちもまたあった。

わたしと高雄には、なんの契約もないのだ。それに、わたしはいつも高雄のことをいちばんに考えているわけではないし、結婚のこともずっと先延ばしにしている。「わたしはあなたのことをいちばんに考えられないけれども、あなたはいつだってわたしをいちばん大事に思っていてほしい」などと言うのは身勝手なことだと、いつも自分に言い聞かせてきた。

「身勝手になってくれよ。言うほどでもないことだって、ちゃんと言い合おう。そうじゃないといつまでも苦しいままだ」

今まで、苦しかった。そう告白したのと同じだった。

目を伏せると、掛布団の上に投げ出された高雄の左手が目に入る。そっと手を重ねたら、ひんやりしていた。

「じゃあ、高雄も言って」

「俺は、たまに朔くんと入れ替わりたいと思うことがある。朔くんがうらやましい。たまには替わってほしい」

「無理だよ」

「知ってるよ。だから言うほどでもないことだって言ってるじゃないか」

「ごめん、つい」

「あとやっぱり、すぐお見舞いに来てほしかった」

「ほんとにごめん」

ただのすこやかな男。高雄のことを、それ以上でもそれ以下でもないと決めつけていた自分を、殴りつけてやりたくなる。

わたしはいつも、自分の抱えているもののことだけで頭がいっぱいだ。そうして、無意識のうちに、他人を軽く見ている。

「椿は朔くんを預かってて、そのせいでゆっくり会えない時もいっぱいあって、でも」

「でも？」

「でも、朔くんを放り出すような人だったら、たぶん好きにはなってないから」

「うん」

わたしはでも、鈴菜のスペアだからね。わたしの言葉に、高雄は首をぶんぶんと振る。

「そんなことはない。朔くんだって、きっと感謝してる」

こんどはわたしが首を振る番だった。感謝なんて、してもらわなくていい。口を開きかけた時、足音が近づいて来た。

「お兄ちゃん、椿さん、開けていい？」

木実香さんの声だ。しゃっという音を立てて、カーテンが開かれる。木実香さんの隣で、朔はジュースのペットボトルとスナック菓子の袋を抱えて、ご満悦《まんえつ》の様子だ。

「よかった、お取り込み中だったらどうしようかと思った」

カーテンをまとめながら言う木実香さんを、朔が「オトリコミチュウってなに？」と無垢《むく》な瞳で見上げる。

朔の担任の先生から電話があったのは、高雄のお見舞いに行ってから数日後のことだった。

昼休みに、愛結ちゃんを叩いたのだという。怪我はないらしいが、愛結ちゃんがひどく泣いたらしく、会社を早退して小学校に行った。

「小山さん、だいじょうぶ？」

わたしはよほど青い顔をしていたのだろう。帰り支度をしていると、杉尾が声をかけてきた。

「だいじょうぶ。どっちかというと、部長の機嫌悪くしてごめんって感じ」

また早退か、と吐き捨てて、部長はさっき席を立ってしまったところだ。不機嫌な上司と同じ空間で仕事をするのはとてもつらいものだ。杉尾たちに申し訳ない。

朔は、保健室にいた。暴力をふるったのは朔のほうなのに、膝に大きな絆創膏《ばんそうこう》をはられて、目を真っ赤にしている。

「追いかけっこをしていたみたいで」

「追いかけっこ、ですか」

転んだ朔に愛結ちゃんが駆け寄っていった、次の瞬間に愛結ちゃんがわっと泣き出し、わけを聞いてみると「朔くんが叩いた」とのことだった、と先生は言う。

「なぜ叩いたのか、小山さんが言わないので」

先生は児童の名を、全員名字にさん付けで呼ぶ。学校全体の方針なのか、個人的な方針なのかは他の先生と話したことがないのでわからない。

「そうですか」

「とりあえず、ごめんなさいは済んでます。静原さんにたいしては」

「は？」

「ですから、叩いたことを謝らせて、静原さんは『いいよ』と言いました」

「なぜ叩いたのか、まだ聞いてないってさっき言いませんでした？」

「どんな理由があるにせよ、いけないことなので」

朔はわたしのほうにも、先生のほうにも顔を向けず、首の角度が固定されてしまったみたいに、ただ床だけを見つめ続けている。膝の上でぎゅっと握りしめたこぶしがかすかに震えていた。

「帰ります」

「お家で話してみてください」

「話してみますが、朔が言いたくないことであればむりやり聞き出すのはむずかしいかもしれません」

小山さん、と先生がため息をつく。この「小山さん」はわたしに向けられたものだ。

「感情的にならないでください」

「なってませんよ」

先生がわたしに一歩近づく。「お気持ちはわかります」と声を落とす。お気持ち。どうして先生にわかるのだろう。わたし自身にもわからないものが。

「朔、とにかく帰ろう」

保健室を出てからも、校門を出て自転車に乗ってからも、朔は口をきかなかった。

みんなと交わろうとしない、みんながやるべきことをやるべきタイミングでやらない、という趣旨《しゅし》の報告なら保育園でも何度も受けてきたが、同級生を相手にトラブルを起こしたのははじめてだった。朔のほうが叩かれる、蹴られる、ということはあっても、逆はなかった。

ペダルを踏んで、自転車を漕ぎ出す。保育園への送り迎えがなくなったから、朔を自転車の後ろに乗せるのはひさしぶりのことだった。

「なんか保育園の帰りのこと思い出しちゃうね」

夕方迎えに行くと、先生がかならずその日の朔の様子を話してくれた。毎月なにかしらの行事があって、月末には壁に写真がはり出され、注文できるようになっていた。日中、朔がどんなふうに過ごしているか、完全にはわからなくてもすこしは見ることができた。だけど小学校に入ってからは、よくわからない。

「給食ぜんぶ食べられた？　わたしもうお腹すいた」

今日お昼おにぎりいっこしか食べてないからさあ、と、なにも言わない朔に向かって喋り続ける。おにぎりいっこ、と言ってもそれなりの大きさだった。いくつもつくるのがめんどうだから、大きいのをひとつこしらえたのだ。小山さんの弁当あいかわらずうける、と杉尾に笑われたのは数時間前のことなのに、もうずっと昔のことみたいだ。

アパートの駐輪場についても、朔は自転車を降りようとしなかった。

「朔、ついたんだけど」

うつむいて、いつまでもシートベルトをいじっている。

「降りてくれない？」

だんまりを決めこむつもりか。それでもいい、もうどうでもいいから、はやく部屋に入って休みたかった。自転車を漕いだことで温まった身体が、徐々に冷えていくのを感じる。ひどく頭が混乱して、疲弊《ひへい》して、朔を説得すべき言葉が見つからない。

「降りて」

降りてってば。自分の声に苛立ちが滲《にじ》んでいるのがわかった。

「降りなさい！」

朔がいまだに、朝一人で集団登校の集合場所に行けないこと。学校の宿題のプリント一枚にあいかわらず時間がかかっていること。朝のしたくが遅いこと。なんど注意しても部屋を散らかすこと。好き嫌いが多いこと。小学生なのに、志気塾でいまだに幼児対象の教材をやらされていること。いろんなことがいっぺんに押しよせてくる。どうして、とわたしが言えば朔は追いつめられる。わかっているのにとめられない。どうして。どうして。

どうして、ちゃんとできないの？

他の子みたいに。

「朔！」

「ちょっと、小山さん」

背後から声がして、振り返るとパグ美（パグ恵かも）を抱いた大家さんが立っていた。

「どうしたの、大声出して」

「なんでもないです」

「なんでもないことないでしょう」

なんにも知らないくせに。知らないくせに。

「失礼します」

むりやり、朔を自転車から抱えおろす。

「あんまり、叱らないであげて」

それには答えず、追い立てるようにして、アパートに入る。中に入るまでずっと、大家さんの視線を感じていた。

手を洗ってから、あえてゆっくりコーヒーを淹《い》れた。朔にはあたためた牛乳を出す。

マグカップに息をふきかけているうちに、だんだん気分が落ちついてきた。

あたたかい飲みものがおいしく感じられるのは、季節が変わったからだ。

「お菓子も食べよう」

冷蔵庫から、棚から、ありったけのお菓子を出した。うちのテーブルは広くない。すぐにいっぱいになって、こぼれ落ちそうになる。

「……お菓子出し過ぎじゃないの」

ようやく、朔が言葉を発した。

「いいじゃない、今日ぐらい」

子どもの頃は、おやつは母が決めた量だけしか食べてはいけなかった。なぜかそれはわたしに限った話で、鈴菜は自分で好きなだけ皿にのせていいことになっていた。いったいあれはなんの差だったのだろうか。

朔もわたしも好きな、ウエハースのはいったチョコレートがひとつしか残っていなかった。

「はんぶんこね」

ぱきんと割って、朔の口に入れた。もぐもぐと口を動かしていた朔の頬を、涙の粒《つぶ》が転がり落ちる。

「ごめんなさい」

朔が手を開くと、割れた貝殻がこぼれ出た。ランドセルにつけていたものだ。父がつけたチェーンは失われている。

愛結ちゃん。こんなのつけてるのへんだって。引っぱって。切れて。追いかけてきて。おれ転んだから。愛結ちゃんが踏んで。割れた。嫌だった。嗚咽《おえつ》まじりに言う朔の、ようやく断片だけ聞きとる。

「割れちゃってごめんなさい」

ごめんなさい、ごめんなさい、と朔は泣き続ける。チョコレート色の液体が口の端から垂《た》れて、服を汚してしまう。

「そうか。それは、すごく嫌だったね」

貝殻にチェーンを通してもらった時の、朔のうれしそうな様子を思い出す。

「へんだって言われて、嫌だったんだね」

「へんじゃないもん」

「うん、へんじゃないよ。ぜんぜん、へんじゃない」

愛結ちゃんになにか言われたり、されたりしたのは、おそらくこれがはじめてではないのだ。「愛結ちゃん嫌い」と父の家で、朔はたしかに言った。それを、わたしたちが封じたのだ。お友だちとは仲良くしないと、という言葉で。ろくに朔の話を聞きもせずに。

「ごめんね、朔」

拭《ぬぐ》っても、拭っても、朔は新たな涙を零《こぼ》す。

「誰かのこと、嫌いって言ってもいいよ。家ではね。好きなだけ言っていい」

誰の悪口も言わない、愚《ぐ》痴《ち》も言わない。大人でもむずかしいようなことを、わたしたちは生まれて十年にも満たない子どもにさせようとした。良い子は他人の悪口を言いません、なんて。とてもひどいことだ。

「愛結ちゃん、いつもおれのことばかにする」

字が汚いこと。体育の時の着替えが遅いこと。椿ちゃんを椿ちゃんって呼んでること。ママがいないこと。朔が指を折るたび、胸がしめつけられる。

志気塾で会っても、愛結ちゃんと朔は口をきかない。だから学校でもそうなのだと勝手に思いこんでいた。ろくにたしかめもせずに。たしかめる手間を、わたしは惜しんだ。

「愛結ちゃんのお母さんかお父さんに、話してみようね」

朔が涙で濡れた顔を、ぶんぶんと横に振る。

「先生には？」

また同じ動作をして、下を向く。

「がまんできるから、いい」

「しなくていい」

そんながまんはしなくていい。

ガラス戸から入ってくる光が、床や、わたしたちの髪や皮膚をはちみつの色に染める。色素の薄い朔の髪は、ほとんど金色に近く見えた。

実のところ、わたしにはよくわかっていなかった。子ども同士のことを、どこまで学校に報告しなければいけないのか、あるいはしていいものなのか。もしかしたら、おおげさな保護者だと思われてしまうのかもしれない。

けれども、朔に「がまんできるから」なんて言わせてしまうことに比べたら、先生や静原夫妻に嫌われることなんかすこしも問題ではない。守るべきものの優先順位を間違えてはいけない。

「がまん、しなくていいの？」

はちみつ色の光の中で、わたしを見上げる朔はあまりにも細く、頼りない。抱きしめることさえ躊躇《ちゅうちょ》するほど。

「うん。そうだよ」

守るべきものの優先順位を間違えないこと。もういちど、強く思う。

十二月

息を吐いたら、白かった。ゴミ袋を片手にアパートの外廊下を歩きながら首をぎゅっと縮める。あたりはまだ薄暗い。早起きがとてもつらく感じる季節になってきた。もっとも寝起きの悪いわたしにとって、早起きは「つらい」か「とてもつらい」の二種類しかないのだが。

アパート専用のゴミ捨て場は混沌《こんとん》としていた。今日はペットボトルしか出してはいけないはずなのだが、そんなことはみんなおかまいなしの様子で、宅配ピザの箱とワインの瓶がおなじ袋に押しこまれている。住人の誰かが、ひと足はやいクリスマスパーティーでも催したのだろう。

分別を知らないゴミ袋の隣には、本の束があった。「絶対合格」「宅建」「過去問」というような文字が表紙に並んでいる。

「おはようございます」

振り返ると、スーツケースをひいた男の人が立っていた。隣の部屋に住んでいる人だ。

　スーツケースには有料ごみのシールがはってある。はやめに大掃除をしているのかもしれない。

「引っ越すんです。だから荷物の整理を」

　無意識のうちに、スーツケースを見つめていたらしかった。隣の人が弁解するように、肩をすくめる。

「そうですか」

　それは、と言ったが、あとが続かない。

「たいへんですね、年末なのに」

「そうですね。まあ、引っ越しは一年中大変なんで」

　駅のほうに向かうその人の後ろ姿が見えた。ご近所づきあい的なものはいっさいしていなかったが、いなくなると思うとなんとなくさびしいような気がしなくもない。

「小山さん、おはよう」

　大家さんが、ゴミ袋を片手に現れた。本の束を見て、あらまっと片眉がはねあがる。

「それ捨てたの、わたしじゃないですよ」

「わかってるけど」

ゴミ袋をどさりと置いて、大家さんがわたしを振り返った。

「朔ちゃんは？」

「まだ寝てます」

そう、と大家さんは頷く。

「今がいちばんかわいい時ね」

今がいちばんかわいい時。三歳の時も四歳の時も、ずっと言われてきた言葉なのだが。

「いつ頃からかわいくなくなるんですか？」

大家さんは頬に手を当てて、しばらく考えていた。

「成人するまで、ぐらいかしらね」

予想していたより、だいぶ長い期間だった。

「よかった、安心しました」

朔が成人する頃、わたしは四十六歳になっている。その頃の自分がどんなふうになっているのか、想像もつかない。

叱らないであげて、とこのあいだ言われたことを思い出した。あの時、思ってはいけないことを、わたしは思った。あんたになにがわかるのかと、大家さんを憎んだ。

大家さんって、子育て中感情にまかせて叱ったことはいちどもないんですか？　そんなふうに、意地悪く問いかけてやったら、この人はなんと答えるんだろう。

　遠くの景色は、きれいに見えるでしょう？

でもそれと同じことを、わたしはかつてしたのだ。あんたになにがわかるのか、ときっと思われたであろうことを。鈴菜にたいして。

「うちの息子なんか、二年以上もうちに顔出さないで」

ゴミをチェックしている大家さんはわたしに背を向けていて、顔が見えない。どんな表情でそれを口にしているか、わたしには見せようとしない。

「ひとりで大きくなったとでも思ってるのかしらね」

苛立たしげな口調に滲むさびしさに、気づかないふりをした。

　べつに、めんどくさいからとか、そういうわけではないのだ。だって人間はみんなさびしいから、いちいち同調してまわるわけにもいかない。わたしのさびしさは、わたしだけのもの。大家さんのさびしさは、大家さんだけのものだ。

　朔がクリスマスプレゼントに欲しがったものは、ブロックのセットだった。忍者のアニメとコラボしたもので、アニメに出てくる城をつくることができる。

「おれ、冬休みのあいだに城完成させる」

ホイップクリームの缶をしゃかしゃかと振りながら、朔が高らかに宣言する。

「うん。楽しみができたね」

苺《いちご》のへたを切り落としながら答えた。ケーキをつくってみたい、というのが、今年のクリスマスに関する朔のもうひとつの願いだった。とはいえわたしはお菓子をつくったことがない。学生時代に女子のあいだでクッキーやらなんやら焼きまくるブームが到来した際にも、もっぱらわたしは食べる専門だった。

スーパーで買ったスポンジケーキに、同じく買ってきたホイップクリームを塗って好きなようにデコレーションすることにした。厳密には「ケーキをつくった」とは言えないかもしれないが、朔は楽しそうだ。

学校で愛結ちゃんを叩いた一件については、担任の先生にすべて報告した。わたしは静原夫妻のどちらかと直接話したかったが、先生から「より大きなトラブルにつながりかねないのでやめてください」と言われ、断念した。

一学期からずっと情緒不安定だった朔は、最近はわりあい、落ちついているように見える。家では悪口を言ってもいい、とわたしが言ったことで、安心したのかもしれない。

わたしは朔の母親ではない。けれども教えられることはある。できることだって、たくさんあるはずだ。

ホイップクリームは、ノズル式になっている。ボタンを押すとしゅごごご、というような音がして甘い匂いのクリームが噴射され、その勢いに驚いた後、ふたりで顔を見合わせて笑った。

やわらかいスポンジケーキにクリームを塗りたくる作業は、存外楽しかった。きれいに塗れなくて、まったくおいしそうではなかったけれども。

「じゃあ、飾りをのせていこう」

「うん」

朔がうれしそうに、ケーキにのせるお菓子の皿を引き寄せる。カラフルな楕円《だえん》のかたまりが目に入った。

「朔くん、えーと、それはなにかな？」

「グミ」

「え、グミをケーキにのせるの？」

「だめなの？」

しばらく考えて、だめではないよ、と答えた。だめではない。「今までグミがのっているケーキを見たことがない」ということは、のせてはいけない理由にはならない。

苺の周囲を取りかこむように配置されたグミの山をかきわけるようにして生えているたけのことの　きのこ。悪夢に出てくるお菓子の森のようだ。

「うん。……できたね」

どうしても、おいしそう、と言えなかった。

「じゃあ、食べようか」

「食べよう」

ケーキを切っていると、チャイムが鳴った。宅配便だろうかとドアスコープをのぞいて、思わず「ええっ」という声が出た。鈴菜が立っている。

「どうしたの？」

ドアを開けるなり、叫んでしまった。

「いやー、やっぱこっちは寒いね」

わたしを押しのけるようにして、部屋に入ってくる。

「鈴菜」

「あ、これお土産《みやげ》。ド定番だけど」

「ちんすこう」というお菓子をわたしの腕にぐいぐいと押しつけながら、靴を脱いだ。

「鈴菜」

「ママ」

わたしが二度目に名を呼んだのと、朔が玄関に走り出てきたのはほぼ同時だった。

「朔」

鈴菜がゆっくりと両手を広げた。

「おいで」

朔はでも、まるで床に足がくっついてしまったようにじっとしている。ママ、という小さな声が、うつむいた朔の唇からこぼれる。

「朔、大きくなったね」

「ママ」

「うん」

とうとう、鈴菜のほうから動いた。歩み寄って、膝を折る。抱き寄せられて、朔はまた「ママ」と言った。泣きそうな声だった。

ドアを背後に、わたしもまた、動けずにいた。朔が発した「ママ」が、重たく胸に沈む。

「それはつまり、嫉妬《しっと》、みたいなこと？」

穂積が言って、チョコレートのケーキを大きく切りとって口に運んだ。

「わかんない。ていうかこれから鍋なのに、ケーキ食べてだいじょうぶなの？」

答えが見つからなくて、話をそらした。

「いいよ。たいしておいしい鍋じゃないし」

「わかんないよ、食べてみないと」

「わかるよ。レビューにそう書いてあったもん」

穂積はスマートフォンを開いてわたしに向ける。

「頼まれもしないのにグルメサイトにそんな長文を投稿する赤の他人の意見を鵜呑《うの》みにしちゃいけないよ」

「鵜呑みになんかしてないし」

「嗜好《しこう》がぜんぜん違うかもしれないんだから」

わかってる、と穂積が頬をふくらませる。でもとにかく行きたくないの、と力強く念を押した。

「まあね。その気持ちはわかるよ」

今日はこれから、会社の忘年会なのだ。十七時終業の会社であるにもかかわらず、例年十九時集合・開始になっている。もちろん定時に仕事が終わる人間ばかりではないからしかたないのだが、たいていみんな十九時近くまでずるずる残業をするなどして待つ、その無駄さがわたしも穂積も嫌いだった。それで、タイムカードを押していったん外に出たのだった。お茶でも飲もうか、とカフェに入ったのだが、なぜか穂積はケーキまで注文している。

夕方のカフェは、それなりに混雑している。会社勤めとおぼしき男女が多いが、なかには親子連れもいる。パンケーキたびる、たびる、という、舌足らずな声がした。朔も、あんなふうに喋っていた時期があった。ポップコーンをポッコポーンとしか言えなかったり、なんど教えても薬を「すくり」と言ったりして。

いつのまにか、朔はポップコーンも薬も正確に発音できるようになっていた。永久に聞けなくなったあの頃の朔の言葉。

録音かなにか、しておけばよかった。でも、その音源を夜中にひっそり聞いているさびしげな自分があまりにもリアルに想像できて、やっぱり録音しておかなくてよかったとも思う。

スマートフォンを開いて、なにかメッセージが入っていないか、確認する。高雄からの他愛ないメッセージが入っているだけで、鈴菜からはなにもない。

「今、じゃあふたり一緒にいるんだ」

「そう。父に預けるつもりだったけど、鈴菜がだいじょうぶだって言うから」

「椿のアパートに、ふたりで」

「そう」

突然沖縄から戻ってきた理由についても、いつまでいるのかも、なにも話してくれない。質問しても、まあまあと言ってはぐらかしてしまう。

「気になる？」

気づくと、穂積がスマートフォンをいじるわたしの手もとを見ていた。

「……気になります」

「正直でよろしい」

朔が、母親である鈴菜と一緒にいる。なんらおかしなことではない。それなのに。

穂積が言うように、わたしは鈴菜に嫉妬しているのだろうか。どれだけわたしががんばっても、鈴菜にはかなわない。でもそんなことは、最初からわかっていたのに。

「ていうか妹、なにしにきたの」

「わかんない」

冷めてしまった紅茶に口をつける。

「このまま、沖縄に連れていくつもりなのかな」

「それは困るよ」

つとめて冷静に言ったつもりだったが、手だけはそんなわたしを裏切って、テーブルをばしんと叩いていた。

「……学校とかあるし」

「でも、妹がそうしたいって言い出したら、椿にはとめられなくない？」

「……そうだね」

だって、朔の母親は鈴菜なのだから。

「あ、いつのまにかこんな時間だよ」

腕時計を見る穂積はケーキをぜんぶ食べてしまっていた。ああ、うん、と頷いて、いそいで紅茶を飲み干す。

カフェに入る前より、いっそう気温が下がったように思われた。穂積はマフラーに鼻先をうずめる。街路樹に巻かれた電飾がちかちかと光っている。

「なんでこんな年末ギリギリに忘年会やるんだろうね」

「大掃除の日に忘年会もやりたいっていう、社長の意向。大掃除やるの社長じゃないのにね。あーめんどくさい」

穂積はぶつぶつと、たとえば会社に好きな人とかがいたらさあ、忘年会も楽しくなるのにね、と文句を言い続ける。

「そうだね。楽しいだろうね。隣に座る隙を狙ったりとかして」

「それそれ。やりたいわー」

年末の街は、誰もがすこし早足で歩いているような気がする。気の進まぬ忘年会に向かうわたしたちを、何人もの人が追い抜いていく。

「ねえ、椿。わたし、結婚とかさ、そういうこと、最近」

「うん」

「いろいろ考えはするけど、結局は自然に任せるしかないのかなって思うんだ。このままひとりで生きていくことを前提としていろんな準備をしつつ、そのうえで結婚したいと思うような相手に出会えればよくて、出会えなければそれはそれでって感じ」

「そうなんだ」

だってよく考えたら今って、女の人が結婚したらその後なんの不安もなく暮らせるような時代ではないじゃない、と穂積は言うのだった。

「そもそもあったの？　そんな時代」

「あったんだよ。わたしらの母親世代はそうだったの。でも今は違う。会社に勤めてたって、ほとんどの人が将来安泰《あんたい》ってわけじゃない。それに、相手が病気したり怪我したりして働けなくなる可能性だってあるしさ。そう考えると、結婚しようがどうしようが自分の仕事は続けたほうがいいんだろうなって思ったわけだよ。でも、だとしたら、べつにがんばって結婚相手を見つける必要はないんじゃないかってね」

「なるほどね」

「でも好きな人は欲しい」

　話題が、またそこに戻った。

「会社とか、そういう毎日行く場所にさ。もう片思いでいいんだよ、この際。誰々さんに会うためにちゃんとお化粧しよう、みたいな気持ちが欲しいの、私は。はりあいやときめきが必要なの」

　隣を歩く穂積を見下ろした。そんなことを考えていたのか、とあらためて知る。飲食店の並ぶ通りに入った。もうすこしで忘年会会場の店に到着する。

「でも、いないんでしょ」

「いないね」

「仮に、誰か嫌いじゃないぐらいの人をひとり選んで、好きっていう設定にしといたらどう？　片思いでもいいんなら。杉尾とか」

既婚者だが「好きという設定」ならば、問題ないのではないか。

「……杉尾はだめだな」

店の前に立つと、みょうに煙たかった。隣の焼き鳥屋さんからの煙だと気づく。ありえないほど目にしみる。

「わたし、ちょっと杉尾のこと良いなって思ってたんだよね、一時期」

穂積のその発言は、わたしに煙たさを一瞬忘れさせるほどの衝撃をもたらした。

「えっ、そうなの？」

「うん。でも入社した時から、杉尾は今の奥さんとつきあってたしね。いちおうそれとなく伝えたりもしたんだよ、杉尾本人に」

「それとなくだからだめだったんじゃないの。伝わってない可能性ない？」

「ないよ。あったとしても、もう遅いしさ。それとなく伝えて、それとなく拒《こば》まれて。ま、どうにもならずに終わったわけ」

「知らなかった」

「椿には言ってないもん。だから杉尾はだめなの」

そうかあ、そうだね、と言いながら引き戸を開けると、その杉尾がカウンターに座っていた。わたしはぎょっとしたが、なにも知らない杉尾は無邪気なもので、わたしたちを交互に見て「よ」などと片手を上げる。

「二階だよ、会場は。もうはじまってる」

　階段の上から、経理部長のでかい声が聞こえる。時計を見ると集合時間を五分過ぎたところだった。たった五分でもうできあがってしまったのだろうか。

「あんたはなにしてんの、ここで」

「トイレ行ったついでに、ぼーっとしてた」

　杉尾と言葉を交わす穂積の様子は、いつもと変わらない。

　わたしがまったく知らないあいだに穂積は杉尾を好きになって、そうしてその恋を終わらせていた。なにも知らずに、杉尾の妻の話を穂積に聞かせたりしていた。お弁当の写真を撮らせて、と言われた時だ。

「愛妻家だね」なんて、穂積はいったいどんな気持ちで言っていたんだろう。

「ねえ、さっき言ったこと気にしないでよ」

　せまい階段をのぼりはじめた穂積が、前を見たまま言った。

「あ、うん。うん、わかった」

「もう完全に終わったことだから、だから話せたんだよ」

「わかった」

「わたしはさ、椿」

階段の途中で足を止め、振り返った。穂積に見下ろされるのはふしぎな気分だ。

「椿のその、やさしいくせに他人への関心が薄いところが好きなんだよ。悪口は言うけど噂はしないところが好きなの。ワイドショー的な関心っていうの？　あんた、そういうの皆無だから。一緒にいると楽なの。知ってた？」

「それは、ほめてくれてるのかな？　いちおう」

「ううん、ぜんぜん。わたし、あんたの悪いとこなら際限なく言えるから」

無愛想で意地っ張りで、さっぱりしてると見せかけて腹の底ではねちねち悩みをこねまわしちゃってさ、と穂積はまぎれもない事実なだけに反論できないわたしの「悪いとこ」を羅列《られつ》した。

「でも、そのままでいてよ。椿」

階段をのぼりきった穂積に、届いただろうか。わたしの「穂積も穂積のままでいてよ」という声は。

忘年会は、予想通りつまらなかった。そりゃあそうだ。こんなことなら、鈴菜と朔とごはんを食べていたほうがよかった。みんな酔うとあちこち移動するので、最初隣に座っていた穂積は、今はもう押し流されるようにして壁の隅にいた。勝手に自分だけアイスを頼んでおいしそうに食べている姿を遠くから眺めつつ、ぬるいビールを飲んだ。

「小山さん、飲んでます？」

「飲んでます。それはもう」

「ええー？　ぜんぜん酔ってないように見えますけど」

営業部の男の人が、わたしのコップにビールをどぼどぼと注ぐ。

「小山さんは酔っても顔色が変わんないんだよ」

いきなり会話に入ってきた人がいて、見ると、杉尾だった。

「なんで杉尾さんが答えるんですかー」

はいはい、どいて。杉尾が営業部の男の人を押しのけて、わたしの隣に座る。背中合わせに座っていた一団から、わあっと笑い声があがる。一団の中心にいるのは経理部長だった。

「えー、部長ってお子さん四人なんですか？」

そうだよー、と赤い顔をして、胸を張る。

「しかもみんな娘さん。四姉妹」

誰かがそう言い添える。

「えー、すごいですねー」

なにがすごいのかわからないが、そこでまたわっと笑いが起こる。

「いや、何人いても子どもはかわいいもんですよ」

いいお父さんなんですねー、という声に満足したらしい、部長のギュフフという笑い声が聞こえてくる。

「なあ、杉尾くん」

首をにゅっと伸ばした部長に呼ばれた瞬間、杉尾がびくっと身をすくめるのがわかった。

「はい」

むりやりつくっているとわかる笑顔を浮かべて、杉尾が振り返る。近づいてきた部長はわたしたちのあいだに割りこんできて、わたしと杉尾の肩をガッと抱いた。酒臭い息がこめかみにかかって、一瞬吐きそうになる。反射的にその手を振り払ったが、杉尾はじっとしている。

「杉尾くんとこは、なんで子どもつくんないの？『今はまだ』って、何年も言い続けてるけど」

いや、それは、と言う杉尾の声は小さくて、ほとんど聞きとれなかった。

「子どもってねえ、手がかかりますよ。金もかかる。そうでしょう、小山さん」

同意を求められて「はあ」と曖昧に濁す。「手がかかる」と言うが、実際に四人の娘を育てたのは部長ではなく、ほとんど部長の妻なのではないだろうか。

「でもねえ、いいもんだよ。はやく子どももつくりなさいよ。面倒なことを避け続けてると、いつまでたっても人間的な成長ができないからね」

「はい」

そうですね、と弱々しく頷く杉尾から目を逸らす。

「子ども欲しくないの？　杉尾くん、子ども嫌いなの？　それともつくりかた知らないの？」

「いや、えっと……」

無視しよう、と思っていた。面倒だから。でも、考える前に「部長」と言ってしまった。存外大きな声が出てしまい、一瞬周囲がしんと静まりかえる。

「やめましょう」

そういう話はやめましょう。静かに、そう繰り返した。え、なに小山さんが怒ってんの、とえへらえへらしていた部長はしかし、わたしが笑い返さなかったので、すぐにその笑いをひっこめた。

忘年会が終わり、路上で、カラオケに行こう、と盛り上がるみんなに「じゃあ、おつかれさまです」と頭を下げる。

「行かないのー？　小山さん」

「はい、帰ります」

「甥っ子くん、預けてきたんでしょ？」

「そうですね、でも、帰ります。帰りたいので」

「ノリ悪いなー」

「ええ、悪いんですよね、これが」

わたしの行動規範には「こんなふうに言ったらノリ悪いって思われちゃうかも……」という遠慮は含まれていない。ノリの悪さにかけてなら筋金入りだ。

わいわい喋っているかたまりから離れて、杉尾がうつむき加減に立っていた。あきらかに疲れた顔をしているくせに、なにをやっているのだろう。

「杉尾くん！　帰ろう！」

えっ、と顔を上げた杉尾は、周囲をきょろきょろ見回す。

「先行くよ」

ついて来なければ、べつにそれでいい。大人なんだから、好きにすればいい。いたくない場所に我慢して居続けるのも、それが本人の選択《せんたく》ならしかたない。

「待って」

けれども、杉尾はわたしを追いかけてきた。それ以上は言葉を交わさず、駅を目指して歩く。隣で、杉尾が「はー」とため息をついた。

「俺ほんとは、酒より甘いもののほうが好きなんだよね」

「さっきの店、アイスあったよ。頼めばよかったのに」

「そんなの自分だけ、勝手に頼めないよ」

「穂積は頼んでたよ、勝手に」

「穂積さんらしいね」

アイスを食べたらすぐに穂積は「眠くなったので」と言って途中で帰った。そういうことができる女だから、わたしは穂積がどれほど悩んでいようとも、よけいな世話は焼かないことにしている。求められたら、必要なだけ手を貸したいとも思っているけれども。

カフェの前を通りかかったので、テイクアウトでコーヒーを買った。

甘いもののほうが好き、という言葉に違《たが》わず、杉尾はもっさりとホイップクリームがのったコーヒーを注文している。

駅のホームのベンチに座って、それを飲んだ。

夜遅い電車に乗る人たちは、疲れた顔をしている。働く人はみんな疲れているのだ。わたしたちだけではなく。

「ごめんね」

杉尾が、なににたいして謝っているのかよくわからなかった。

「ごめんじゃないか。ありがとうだね。ありがとう」

「なにがありがとうなの？　ほんとはカラオケ行きたくないのがまるわかりの顔でカラオケについて行こうとしている杉尾くんに『帰ろう』って声かけてあげたこと？」

「いや、それもあるけど。さっき、部長に」

はやく子どもつくれ云々のあれか、と思いながら口にしたコーヒーはまだじゅうぶんに熱くて、そのことになぜか救われたような気分になる。

「べつに。杉尾くんのためじゃないし。なんか、むかついたから。というか部長にはむかついてたから。もう何年も」

自分のことを言われた時には、あんなふうには言い返せない。しょっちゅう休みをもらっていることに疚《やま》しさがあるし、あまり強くは出られない。他人の問題だからあんなふうに言えたのだ。杉尾の問題に乗じて鬱憤《うっぷん》を晴らしたという疚しさで、杉尾の顔を見られなくなった。

「そっか」

「そうだよ。お礼なんて言わないで」

うちさあ、と言いながら、杉尾が隣で首を垂れたのを、視界の隅にとらえた。

「不妊治療《ちりょう》、三年目なんだよね」

その三年が一般的に長いのか短いのか、経験のないわたしにはわからなかった。だからただ「うん」と答えて、またコーヒーを飲んだ。

杉尾は「子どもが欲しい」というようなことは、今までに一度も言ったことがない。その手の話をしないからと言って、関心がないわけではないのだ。むしろ逆、ということもある。本人にとってデリケートな問題であるがゆえに、簡単には口にできなかったと考えるほうが自然だった。

「部長ってさ、ちょっとあぶなっかしいよね。俺は平気だけどさ、男だからね。でも今日言ったようなこと、あれ女性社員に言ったら完全にセクハラだよ」

ちっともおかしくないような顔で笑い声をたてる杉尾は、わたしに大声で泣き出したいような気分にさせる。笑うな。そんな顔で笑うぐらいなら、いっそ泣け。

「女性社員に言ったら、じゃないよ」

「え」

「セクハラはセクハラなんだから」

「え……」

「怒っていいんだよ。おかしくない時に笑う必要なんかないんだって」

杉尾は目をぱちぱちさせている。いったい、なにをそんなにびっくりしているのだろう。

「そっか。そうだね」

「でも自分のことで怒るのって、けっこうむずかしいよね。わたしもそう。でも平気じゃないのに平気だって言うのやめようよ、すくなくとも、今ここでは」

「平気だけど」なんて見え透いた嘘をつく杉尾を見ているぐらいなら、前みたいに弁当を笑われているほうが何倍もマシだった。

「そうだよね」

ありがとう。ありがとう。杉尾は何度も言って、両手で顔をこすった。

ホームに電車が入ってくる。疲れた顔の人たちがいっせいに乗りこんでいく。でも、わたしも杉尾も、動かなかった。

「ありがとうね、小山さん」

「もういいよ。コーヒー飲みなよ」

「うん。うん。飲むよ」

「冷めちゃうから」

うん、うん、と何度も頷いて、杉尾は真っ赤になった鼻をこすった。

ゆっくりと電車が動き出す。


帰ったら、朔はもう眠っていた。

「さっき、やっと寝たとこ」

わたしに説明しながら、鈴菜は冷蔵庫の扉を開ける。わたしが買った覚えのないワインの瓶を取り出している。コンビニで売られているような、お手頃価格のやつ。グラスに注ぐと小さな泡がいくつもうまれる。鈴菜がそれを飲み干すのを、黙って見ていた。

「さっき、ってもう十時過ぎてるじゃない。いつもは九時に寝かせてんだけど」

「あー、そうですか」

鈴菜はぷい、と顔を背ける。

「さすが立派だね。九時に寝かせる。ゲームは宿題が終わってから。お料理まで教えてるんだって？　さすがだよ。母親より母親に向いてるって、言い切るだけあるよね」

つっかかるような物言いに、自分の頬がこわばるのがわかった。

「なにが言いたいの」

「なにも」

電車に乗る前に飲んだコーヒーの澱が口の中に残っているような気がして、流し台の水で口をゆすいだ。呼吸を整えてから「座って。話したいから」とテーブルを指した。またはぐらかされそうだ、と思ったが、鈴菜は存外素直に頷いて腰をおろす。

「沖縄でやってたお仕事はお休みしてきたの？」

「辞めた」

「辞めたの？」

たいした仕事じゃないもん、と鈴菜は頬をふくらませている。

「たいした仕事じゃない仕事なんかこの世にないよ」

わたしの言葉に、鈴菜は眉をひそめる。

「お姉ちゃんって、ほんとにきれいごとがじょうずだよね。その、さりげなくちょっと良いこと言ってくる感じ、聞いててほんとにいらいらする。そんなにみんなにほめてほしい？」

化粧を落とした鈴菜の顔はおさない。おさない顔で、わたしを苛む。

「じゃあ……しばらくこっちにいるのね？」

「なによ、だめなの？」

だめだなんて言ってないでしょう。声を荒らげないようにするだけで、精一杯だった。ワインをもう一杯飲んだ鈴菜が、こめかみを押さえながら目を閉じる。

「……別れるかも」

「例の、アートの人と？」

「アートの人なんて呼ばないで。バカにしてるでしょ」

べつにバカにはしていない。ただなんとなくうさんくさい、と思い続けているだけだ。でもそういう気持ちが滲み出てしまっているんだろう。

「別れる『かも』、なの？」

「最近、ケンカばっかりしてるんだ」

男とケンカして飛び出してきた。要するにそういうことらしい。

「朔と一緒に暮らせる目処《めど》がついて、それで迎えにきたのかと思ってたよ」

ふん。鈴菜が鼻を鳴らす。いつからこの子は、こんな嫌な笑いかたをするようになったのだろう。

「思ってた？　期待してた、の間違いじゃないの？　朔が邪魔になった？　そうだよね、お姉ちゃんもそろそろ彼氏と結婚したいもんね」

「そんなこと言ってない」

「言わなくても伝わってくるよ。そうだよね、邪魔だよね、自分の子どもじゃないんだから」

「やめなさい」

自分のスカートを、両手でぎゅっとつかむ。そうでもしなければ、大声を上げてしまいそうだ。でも、どうしても許せなかった。朔にたいして「邪魔」なんて言葉を使うことは、ぜったいに、ぜったいに許してはならないことだ。

「なんでそんなこと言うの、鈴菜」

「だってわたしだったらぜったいそう思うもん」

「わたしは鈴菜じゃない」

鈴菜が「はっ」と大きく肩を揺らして、ワインを呷《あお》る。

「あんたとわたしは違うってわけ？」

「なんなのいったい、さっきから」

だってそうでしょ。鈴菜が突然、大声を出した。

「やめて。朔が起きる」

「ずーっとずーっと、わたしはいらない子だった。お母さんもお父さんも、わたしのこといらない子だと思ってた、ふたりともお姉ちゃんは叱るのにわたしのことはぜったい叱らなかったよね、それは、期待してないからだもん」

「違うって、あのふたりは鈴菜がかわいいから……」

「お姉ちゃんがあたりまえにできることをわたしはできない、いつもそう、子どもの時からそうだった。お姉ちゃんひとりいたら、わたしなんかいなくてもなんの問題もない。朔だってそう」

鈴菜の声はどんどん大きくなって、最後は悲鳴みたいになった。ここにはわたしの居場所なんかない、という声が、わたしの頬を殴る。

「朔だってそう。さっき寝なかったのだって、お姉ちゃんを待ってたからだもん。お姉ちゃんが帰ってくるの待つって言ってたから、だから」

わたしなんか、いらないんじゃない。そう叫んだ鈴菜は、泣いていた。

「鈴菜」

腕をつかんだが、振り払われた。子どものように泣きじゃくりながら寝室に駆けこんでいく。寝ぼけたような朔の声がした。なにごとかを怒鳴り返す鈴菜の声も。

朝になり、寝室の扉を開けてのぞいてみると、鈴菜は朔を抱きかかえるようにして眠っていた。サラダとゆでたまごをつくって、食パンが一斤《きん》あることをたしかめてから部屋を出た。

今日から年明けの三日まで休みだから、お正月の準備をしようと思った。おせちをすべてつくることは無理でも、なにかひとつぐらい挑戦してみてもいい。黒豆を煮るとか、昆布巻《こぶま》きをつくるとか。どちらも積極的に食べたいものではないのだが、その調理の工程を朔に見せてやりたくもある。大掃除をして、鏡餅《かがみもち》を飾って、元旦には晴れ着を着て、お屠蘇《とそ》を飲んでおせちを食べて。「いかにも」なお正月を体験させておこうと、去年も一昨年も思っていた。

自分や鈴菜が経験してきたように、朔にも。そう思っていたけれど、だけど鈴菜は、わたしとはまったく違うものを見ていたのかもしれない。同じ家で育ちながら。

どちらがより多く愛されているか、なんて今まで一度も考えたことなどなかった。

考える必要がなかったことこそが、鈴菜を苛立たせる要因かもしれない。

海老《えび》やら黒豆やらを買いこんで帰宅すると、朔はいつものようにブロックで遊んでいた。鈴菜はその横でスマートフォンをいじっている。すこし目が腫《は》れぼったい様子だったが、きわめて尋常《じんじょう》な様子に、こっそりと安堵《あんど》の息を吐く。

「お昼、簡単なものでいいかなあ」

「いいよ、なんでも」

鈴菜はわたしと目を合わせない。冷蔵庫のあまった野菜を炒めた「簡単な」パスタを食べて、そのあとは朔と鈴菜に手伝ってもらって窓や床を拭いた。ぴかぴかになった、とは言い難いが、とにかく大掃除は済ませた。アパートのドアに、スーパーで買ったリース状のしめ飾りを飾る。隣はもう引っ越しを済ませたらしい。扉の横にはってあった表札プレートが剝がされて、そのあとが醜《みにく》く残っていた。

「明日、お父さんのところに行こうか」

鈴菜がここにいることは、すでに連絡していた。電話口で父は、顔を出すように言っておいてくれ、とだけしか言わなかった。

チョコレートを食べていた鈴菜は一瞬眉根を寄せ、そうだね、と頷く。いちいちつっかかってこられるのも困りものだが、今日は打って変わって素直で、それはそれで戸惑ってしまう。

　黒豆をさっと洗って、水をはった鍋に沈めた。明日の朝、さっそく煮てみることにする。お煮しめをつくる手順を確認しながら、醤油が切れていることに気づいた。

「醤油！」

　ちょっと、買ってくるわ。テレビの前にいる朔に声をかける。鈴菜は、と見ると、いつのまにかベランダに出ていた。スマートフォンで誰かと話している。

「ママの電話が終わったら、お醤油買いに行ったって言っといてね」

「わかった」

　いちばん近いスーパーで醤油を買い、帰り道を急ぐ。風が強く冷たくて、あっというまに頬や耳ががちがちのゴムになったように感じられる。向かい風の中を歩きながら、両手で鼻を押さえる。そうでもしないと鼻から凍りそうだ。

コンビニの前を通り過ぎようとした時、中で立ち読みをしていた男が顔を上げた。ガラス越しに目が合う。静原だった。

　頭を下げてそのまま通り過ぎるつもりだった。べつに喋りたい相手じゃないし、寒かったし、はやく家に帰りたかった。でも静原は、雑誌を棚に戻して外に出てくる。

「小山さん。ねえ、聞いたよ。このあいだのこと」

静原が言っているのは、朔が愛結ちゃんを叩いて泣かせたことだろう。黙って頷くと「ちょっと、時間ある？」と背後を指さすような仕草をした。

「あんまりないんだけど、時間」

「十分ぐらいでいい」

チェーン店のカフェに入って、コーヒーを頼むはめになった。あたたかく、明るい店内であらためて、部屋着のスウェットにコートをひっかけてきただけという自分のかっこうを思い出す。まあいいか、とひらきなおって、コートを脱いだ。スウェットの袖口がちょっとボロボロなだけだ。気にすることはない。

「……だいじょうぶ？」

静原が、わたしの顔をのぞきこむ。

「なにが？」

「いや、ほら。……たいへんだよね。朔くん、妹さんの子どもなんだろ？　朔くんもいろいろ、不安定なんだと思うから」

「不安定なのは、愛結ちゃんのほうじゃなくて？」

どうして朔が愛結ちゃんを叩いたのか。朔から聞いたことはすべて、担任の先生には報告していた。担任の先生が言うには「静原さんは小山さんを過剰《かじょう》にかまいたがる、という印象は、たしかに受けます」とのことだった。

静原はコーヒーをひとくち飲んで、顔をしかめた。へんな味でもしたかのように。

「俺、べつに小山さんを責めたいわけじゃないんだよ。『ごめんなさい』って言ってもらって、愛結も許したって言ってるし」

「ちょっと待って……いったい、どういうふうに聞いてるの？　静原くんは」

「愛結はなにもしてないのに、いきなり叩かれたって」

さっきも言ったけど朔くんはお母さんと離れていろいろ不安定なんだろうから、と言いかけた静原を遮って、担任の先生にしたのと同じ話をした。その後の先生のコメントもあわせて。すべて聞きおえて、静原は眉間を揉《も》むような仕草をする。

「そうだったんだ」

「うん」

「まあ……悪い影響が出てるんだろうね。ほら、あいつ、ちょっと神経質だからさ」

あいつ、とは、もしかして静原の妻のことだろうか。いつ会っても髪と爪を美しく整えている、あのかわいらしい容姿の。

「神経質」

「そうなんだよ」

ただ復唱したに過ぎないわたしの言葉を同意と受け取ったのか、静原が身を乗り出す。

「おっとりして見えるでしょ？　でも、じつはけっこうヒステリックに怒ったりするんだよね」

　知ってます、と思うが、言わない。静原がなにを言わんとしているのか、冷静に聞く必要があった。

「俺がいつも帰り遅いから、どうしてもひとりで愛結の面倒見ることになるし、まあしかたないとは思うんだけどね……そっか、そっか、わかった」

　なにやら、新発見をしたらしい。黙って、喋り続ける静原を見ている。暖房がよく効いているおかげでかじかんだ耳や頬はじょじょに温《ぬく》もりつつあるが、気分がものすごい勢いで冷えていく。

「母親の苛立ちが、愛結に伝わるんだよね。あいつのせいで、愛結が不安定になっちゃってるんだね。そっか……ごめんね、小山さん。悪かった」

「……なに言ってんの？」

　低く問い返すわたしの声は、静原に届かなかったらしい。ふう、などと息を吐いて、コーヒーを飲んでいる。

「いつも帰り遅いって」

「うん、残業もあるし」

「でも、さっきコンビニで立ち読みしてなかった？」

「ああ、まあ。それは」

静原が肩をすくめた。一瞬、上目遣いになる。わたしよりずっと身体が大きいくせに。どうしてそんな目つきになるのか。

かっこいいのに、仕草がかわいい。学生時代、静原は女子からそんなふうに騒がれていた。きっと現在もそうなのだろう。会社で「静原さんって素敵《すてき》だよねー」とかなんとか言われて、さっきの上目遣いもかわいいとかなんとか持ち上げられて、本人もそれを熟知しているのかもしれない。必殺技みたいに繰り出してきやがって。

「だって家に帰っても、気づまりっていうか。楽しくないんだよ、はっきり言って」

「楽しくないって」

「俺、女の人がヒステリー起こしてるとことか、基本的に見たくないんだよね。うちの奥さん、結婚前はおっとりしてたんだけどなあ。なんであんなふうになっちゃったんだろ」

「だから立ち読みして、時間つぶしてんの」

まー、わかんないだろうね小山さんには、と静原は首を振った。

「小山さんはさ」

静原がかすかに唇を歪める。

「強いよね。結局、強い人なんだよ。でもさ、みんな小山さんみたいに生きられるわけじゃないんだよ。だからわかんないでしょ、俺ら弱い立場の男親の気持ちなんかさ」

手の中で、スマートフォンが振動する。たぶん、鈴菜からだろう。帰りが遅いことを心配しているのかもしれない。

「そうだね。わかんないよ」

「うらやましいよ。小山さんみたいに強い人が」

皮肉なのかと思ったが、静原はまじめな顔でわたしを見ている。心からそう思っているかのように、いいよね、すごいよね、と繰り返す。

「わたしは」

不覚にも、声が震えた。自転車から降りようとしない朔をどなりつけた自分の声が、耳の奥でこだまする。お姉ちゃんがあたりまえにできることをわたしはできない、という鈴菜の声も。

わたしは強いのかもしれない。すくなくとも、静原よりは。でも傷ついたり迷ったりするのは弱い人間だけじゃない。

「わたしは、静原くんがうらやましいよ」

どうしようもなく声がみっともなく震えたままであることが、情けなくてたまらない。ほんとうは泣きたい。でも今泣いたら、伝えられない。

「なんでそんなに他人事みたいに言うの。帰りたくないなと思った静原くんが外で時間つぶしてる時に、ひとりで家で子ども見てる人がいるのに」

言いながら、わたしにはわからないじゃないか、と思った。静原の妻がなにを考え、なにを望んで生きているのか、それをわたしは知らない。

わたしだったらこう思うという憶測でものを言うのはよくないと思いながら、とめられなかった。八つ当たりだ、と知りながら黙ることができなかった。

「わたしは静原くんがうらやましいよ、弱いままで生きられるなんていいね。弱いから、女の人には、強い人には、わかんないからってそうやって言い訳して、めんどくさいものには手を触れずに生きたかったよわたしだって。当事者にならなければ責任もとらなくて済むんだから」

立ち上がって、コートを着こむ。店を出る直前振り返ったら、静原はテーブルに肘をついた姿勢のまま、じっとしていた。

　走ってアパートに戻る。遅くなってしまった。もうすっかり、外は暗くなっている。きっとふたりともお腹を空《す》かせているだろう。見上げると、部屋の電気が消えていた。待ちくたびれて、外にごはんを食べに行ってしまったのかもしれない。

　ドアを開けてみるとやはり、鈴菜の靴がない。

電気をつけて、叫びそうになった。テレビの前に、朔が膝を抱えて座っている。顔を伏せている、というよりも、伏せすぎてほとんどめりこんでいるように見えた。

「なにしてんの？」

　朔は顔を上げない。歩み寄って腕に手をかけたら、振り払われた。

「ママは？」

「帰るって」

「え？」

　ママ。電話。帰る。良い子。呻《うめ》くような声で朔が発した断片的な言葉をかきあつめて、わたしは鈴菜がまた出ていったことを理解した。

　帰る、と言ったのか。「わたしなんか、いらないんじゃない」と泣いていた鈴菜は。

急いでスマートフォンを開く。鈴菜からのメッセージは、帰りが遅いことを心配する内容なんかではなかった。

お姉ちゃんごめん。やっぱり帰る。

それだけのメッセージを、何度も読んだ。

なんでママが、と朔が言った。なんで椿ちゃんじゃなくてママが。その言葉が、二度繰り返される。朔が涙でぐしょぐしょに濡れた顔を上げた。

「なんで？　ねえなんで？」

朔は泣きながら、平手でわたしの腹を叩いた。肩を、胸を、腕を、何度も何度も、平手で打たれる。

「なんで？」

なぜここにいるのが母親ではなくお前なのか。その質問に、答えることができない。朔の手が、わたしを打つ。打ち続ける。されるがままになっていた。どうしてだか、痛みはほとんど感じない。朔の痛みは、わたしのそれよりきっとずっと強い。

あのカフェに醤油を置き忘れてきたと、ふいに気づく。なにしに行ったんだよ、ばかだな、と思ったら、ようやく涙が出た。

三月

年が明けてひと月が過ぎても、ふた月が過ぎても、鈴菜とは連絡がとれなかった。電話をかけても出ない。メールもメッセージも返信がない。

明日から、三月になる。

会社帰りに、穂積に誘われて買いものに来た。

「鈴菜、元気でいるとは思うんだ」

雑貨屋の中を歩きまわりながら、穂積に向かって言う。穂積はメラミンのお皿を持ち上げて模様をたしかめながら「そうなの？」と答えた。

「うん。先月も、先々月も、お金を振りこんできたから」

仕事を辞めた、と言っていたが、また働きはじめたのだろうか。

もっと、鈴菜の気持ちを考えてやるべきだった。最近、よくそんなふうに思う。もともと器用な子じゃないことも知っていたのに。

「これとかどうかな？」

穂積が「にぎにぎ」と呼ばれる、赤ちゃん用のおもちゃを持ち上げて、わたしに見せて来た。

「そういう淡い色より、原色のおもちゃのほうが赤ちゃんは好きらしいよ。まだ目がはっきり見えないから」

「ああ、そうなんだ」

「あと、穂積」

「なに？」

「気が早いよ」

穂積は「へへへ」と照れたように笑いながら、にぎにぎを棚に戻した。

一昨日、杉尾が会社を休んだ。具合の悪い奥さんにつきそっていたのだという。その時電話をとった穂積と、わたしにだけ教えてくれた。七週目という、まだどうなるかもわからない時期だから、他の人には言わないでほしいという。

「でもさ、誰かには言いたかったんだろうね」

「うれしかったんだろうね、すごく」

アクセサリーや、文具。雑貨屋さんにはかわいいものがいっぱいある。ひさしくこういう場所に来ていなかったから、忘れていた。

子ども用の長靴があったから、朔のために買うことにする。

「サイズ、ある？」

「うん。でも、ひとつ大きいのを買う。念のため」

店員さんが少ないのか、レジには長い行列ができていた。並んでいる時に、穂積がぽつりと「ねえ、椿」と言った。

「椿は、聞いてた？　杉尾と杉尾の奥さんが不妊治療してたこと」

「忘年会の日に聞いた」

そっか。下を向いて、何度か頷く。

「わたし、知らなかった」

誰もがたやすく口には出せないものを抱えている。知ってほしいという願いも、知られたくないという願いも、そのまま受け止められたらいい。言うほどたやすいことではないのだろうけど。

レジの奥のほうにいた店員さんが「三番でプレゼント包装お待ちのかたー」と声を上げ、わたしのすこし後ろから「はい」という聞き覚えのある声がした。

「あ」

店員さんから紙袋を受け取る女の人の横顔に、見覚えがある。名前はたしか。

「真弓さん」

振り返った真弓さんは、わたしを見るなりぎょっとしたような顔をした。

「な、なにしてるんですか、こんなところであなたみたいな人が」

なにって、買いものだ。真弓さんはいったい、わたしをなんだと思っているのだろうか。

「知り合い？」

わたしと真弓さんを交互に見る穂積に「この人、高雄を狙ってる人」と教えてやる。

「え、じゃあ敵じゃないのよ」

穂積は庇うように両腕を広げてわたしの前に進み出て、真弓さんをきっと睨みつけた。

「敵なの？」

穂積の頭越しに訊ねる。真弓さんはフン、と鼻を鳴らした。

「わたしに訊かないでくださいよ」

それにもう狙ってませんから、と首を振って、髪をいじる。あいかわらず、きれいに整えられている。髪の一本一本、爪の先に至るまで。

「そうなの？」

「ぜったい、須田さんよりいい男を見つけるんで」

真弓さんが傲然《ごうぜん》と顎を上げる。ふしぎなことを言う人だ。高雄よりいい男。高雄より、いい男だなんて。口の中で二度繰り返して、首をひねる。

「いないと思うよ、そんなの」

真弓さんと穂積の「いるでしょ！」という声が、きれいに揃った。

「なんなんですか、この人」

「もうね、やってらんないよね」

はじめて会ったはずのふたりが、なにやら十年来の仲間のように顔を見合わせて頷きあっている。


もうすぐ、朔は二年生になる。二年生になったらかけ算の勉強がはじまって、おぼえる漢字も増える。

集団登校の集合場所に向かって、手を繋いで歩く。朔が小石を蹴る。道の向こうから来る、犬を連れたおじいさんに気づいて、蹴るのをやめた。

「犬に当たるかもしれないから」

「そうか。朔は良い子だね」

朝の白い光の中で、朔の頬の産毛《うぶげ》が光っていた。良い子、という言葉を使うことに、ずっとためらいを感じていた。わたしたち大人にとっての（扱いやすくて）良い子でいなさい、という脅迫みたいになってしまうことがこわかった。でも今はためらいなく言える。

「他の子みたいに」できなくったっていい。なんの条件も満たす必要はない。朔はそのままで、生きているだけで、じゅうぶんすぎるぐらい良い子だ。

それを伝えなければならない人が、わたしにはもうひとりいる。

「ねえ、朔」

息を吐いても、白くならなくなった。春が近づいている。街路樹の枝に、まるくふくらんだ蕾《つぼみ》がいくつもついていて、これが桜《さくら》の木だったことにあらためて気づく。花が咲いている時だけ、わたしは桜を桜だと認識できる。桜は、一年中桜であるというのに。

「朔は、もしかしたら、ほんとうはママと一緒に暮らしたいかもしれないし」

朔は答えない。下を向いて、歩き続けている。

「わたしも朔もいつも、かわいそうだとかたいへんだねとか言われてしまうでしょう。でも、わたしは朔と一緒に暮らすことができてよかったと思ってる。とてもよかった。

たしかに、たいへんだった。わたしは完璧じゃなかったよね。他の人なら、もっとうまくやれたことも、いっぱいあったのかもしれないね。朔も、きっといろんなことをいっぱい我慢したと思う。だけどわたし、朔と暮らすの、楽しいよ。だからね、これからも、よろしく」

「うん」

朔はこくりと頷く。ちゃんと、わかっているのだろうか。

ねえ、朔。わたしが今、あなたの手を離さないのは、いつかこの手を離すため。だってあなたはいつか大人になる。ひとりで生きていけるその日まで、しっかり手を繋いでいよう。

集合場所が見えてきた。待っていた男の子が、朔に向かって手を振る。最近、休み時間によく一緒にいる子らしい。担任の先生から聞いた。

アパートに戻り、駐輪場から自転車を出していると、背後から声がした。

「お姉ちゃん」

わたしをお姉ちゃんと呼ぶ人間は、この世にひとりしかいない。

「鈴菜」

鈴菜は、薄いコートのポケットに両手を入れて、立っていた。年末に会った時よりもすこし痩せていて、なんだか一瞬違う人みたいに見えた。どこがどう、と言えないけれども、雰囲気が違う。

「いきなりごめん。今から会社？」

そう。そっけなく答えて、かばんを自転車のカゴに押しこむ。いきなり現れたことによる驚きと、元気な姿を見てほっとしたのと、心配させやがってという薄い怒りが湧くのが、ほぼ同時だった。

「昨日、こっちに戻ってきたの。昨日はお父さんのところに泊まった」

「あ、そう」

戻ってきた。鈴菜は、たしかにそう言った。

「いろいろ話したいんだけど、仕事行かなきゃいけないよね」

「うん。あ、帰ってくる前に連絡するから。……わたしの部屋で待つ？」

「いい。お父さんのとこにいるから」

「じゃあ、夜そっちに行くわ。朔も連れていく」

「わかった」

自転車を漕ぎ出してから角を曲がるまで、計三度振り返ってしまった。

そわそわして、仕事中もつまらないミスを連発して杉尾を心配させた。

鈴菜はでも、父のマンションでちゃんと待っていた。朔はなんだかもじもじとわたしの後ろに隠れて、鈴菜の呼びかけに応じようとしない。

「朔、怒ってる？」

朔は答えない。

そのくせ、鈴菜が他のところを見ている時にだけ、鈴菜をじっと見る。朝のわたしと同じ気持ちなのかもしれない。目を離したとたんまた鈴菜がいなくなりそうで、気が気ではなかった。

父がわたしたちに泊まっていってほしそうだったので、そうすることにした。

「そしたら、おじいちゃんと風呂に入ろうか」

棚から朔の着替えを出していると、鈴菜が隣に立った。

「ここに着替え、置いてんだ」

「うん。時々ここに泊まるから。油断すると、すぐサイズアウトしちゃうんだけどね」

なにかを話したそうにしているのに、鈴菜はなかなか口を開かない。

「話があるんでしょう？」

結局、わたしのほうから切り出した。部屋で向かい合っているのがなんとなく気づまりで、ベランダに誘う。夜はまだ、すこし冷える。熱いコーヒーを注いだマグカップを手にして、ベランダに出た。

「沖縄のあの人とは、どうなったの」

「ちゃんと別れた。荷物も、処分してきた」

「じゃあ、ほんとにこっちに戻ってきたのね」

そこで会話が途切れた。手すりに背中を預けて、しばらく黙ってコーヒーを飲んだ。

「ここに住むの？」

ここ、が父のマンションのことであるとわかるように、床を指さしてみせる。

「ううん。どこか部屋を借りるつもり」

仕事を見つけて、それから、と言いかけて、ちらりとわたしの顔を見る。

「朔と暮らしたいのね？」

「……勝手なこと言って、って思うかもしれないけど」

「うちのアパートの隣の部屋、空いてるよ」

すぐ近くに住んでいれば、なにかあった時に駆けつけられる。けれども鈴菜は、首を振る。

「そしたらまた、お姉ちゃんに頼っちゃうから」

「頼っていいよ」

誰にも頼らずに生きていける人間はいないのだから、いっそわたしに頼ったらいい。わたしは鈴菜のスペアだと、かつてわたしは高雄に言った。自分を卑下《ひげ》したわけではけっしてなかった。人間ひとり育てるのはおおごとだから、ひとりではうまくいかない局面もあるだろうから、代用品をおおいに利用すればいい。

朔はわたしに、感謝なんかしなくていい。大人が子どもを守るのはあたりまえのことなのだから。感謝なんかしてほしくない。

この世の多くの母親が、鈴菜のように逃げ出したりせずに、日々子どもと向き合っていることは、わたしだって知っている。

だけどそれを理由に、もう鈴菜に「甘えるな」なんて言わない。言えるわけがない。できないことを責めたり、あるいは恥じたりするより、どうやったらできるかを考えるほうがいいに違いないから。わたしは誰も救えない正しさより、正しくなくても鈴菜も朔も生きていける方法を探す。

鈴菜の頬を、涙がひと筋流れた。

「殴る人だったの」

例の沖縄の、アートの人のことかと最初は思った。その後に続いた言葉によって、そうではないことを知る。

「妊娠《にんしん》したってわかったら、中絶しろって言われて、だから逃げたの。赤ちゃんを……朔を、産みたかったから」

「そう」

お姉ちゃん。声を絞り出すようにして、鈴菜がわたしを呼ぶ。

「わたし、ちゃんとできるかな。朔の母親」

「それはわかんない」

「母親に向いてないことはわかってるけど」

できるからやるとか、向いているから育てる資格があるとか、そういう問題ではない。

「やるんだよ、とにかく」

「また朔を傷つけそうでこわい」

鈴菜だけじゃない。生きている限り、人は誰かを傷つける。わたしだってたくさん傷つけた。鈴菜を。朔を。高雄を、穂積を、父を、静原を。

それでもわたしは、傷つけないように、傷つかないように、なるべく他人とかかわるまいなどとはけっして思わない。鈴菜や朔にもそんなふうに思ってほしくない。

部屋の中から父の「朔！　パジャマを着なさい」と叫ぶ声が聞こえた。パンツいっちょうの姿で、朔が居間に飛び出してきたのが見えた。頬っぺたは真っ赤で、髪はまだ濡れている。

朔は不安そうにきょろきょろと部屋の中を見回して、それからすぐに、ベランダにいるわたしたちに気づいた。ほっとしたように、表情がゆるむ。そしてその視線は、まっすぐに鈴菜に向いているのだった。

母親の姿を確認して安心したのか、朔は浴室に駆け戻っていく。

「どうして、朔って名前にしたの」

わたしの問いに、鈴菜がすっと、人差し指を空に向ける。

「月は大きくなって、小さくなって、何度でもそれを繰り返すでしょ？」

「うん」

「それは何度でもやりなおしがきくっていう意味だって、なにかで読んだから」

「なにかってなに」

「忘れた。でも、いいことばっかりの人生なんてないって知ってるから。それでもやりなおすことはできるんだって、大人になった時に、朔が気づいてくれるかなって思った」

鈴菜の指さす先には、レモンのかたちの月がある。ひんやり白く、わたしたちを照らす。何度でもやりなおしがきくという思いを自分の子どもにたくした鈴菜。何度もやりなおそうとして、失敗して、それでもまた自分の人生に向き合おうとしている鈴菜の手を、わたしはこんどこそ離さない。

「お姉ちゃんの名前の由来は知ってる。お母さんの好きな花だよね」

「そうだね」

いいよね、と小さく笑って、鈴菜はおそらく冷めてしまったコーヒーを啜った。

「鈴菜、だなんてさ。鈴菜って蕪《かぶ》でしょ？　なんでこんな名前にしたのって訊いたら、お母さんめんどくさそうに、春の七草のひとつだから健康に育つと思った、だって」

自分の名前が嫌いだった。そう呟く妹に、申し訳ない気持ちがこみあげてくる。

「ごめん」

そんなふうに思っていたなんて、ちっとも知らなかった。

「お姉ちゃんのせいじゃないし」

「じゃなくて、『鈴菜』っていう名前決めたの、ほんとうはわたしだから」

椿は、お姉ちゃんになるんだよ。そう言われて、母のまだふくらんでもいないお腹をおそるおそる撫《な》でた、あの日。それから、産婦人科の長椅子の上で聞いた産声。

「赤ちゃんの名前、鈴菜ちゃんにして」

わたしが、母にそうせがんだのだった。あの頃好きだった児童書の主人公の名前が「すずなちゃん」だった。かわいくてみんなに愛されている、元気な女の子。

生まれてきた妹が、お話の中の鈴菜ちゃんみたいに、楽しく暮らせますように。それがわたしの願い。

鈴菜の、小さな手。ぷくぷくの頬。

学校から帰ってくるとまっすぐに鈴菜が寝ているベビーベッドに駆け寄った。頬を寄せると、いい匂いがした。鈴菜。鈴菜。何度も呼びかけて、しつこく抱っこしたがって、しまいには母に叱られた。

「いらない子なんかじゃなかったよ、鈴菜は」

鈴菜が「ぶへっ」というような声を発した。子どもみたいに、顔をくしゃくしゃにしている。

「お姉ちゃん」

子どもみたいな泣き声をあげながら、鼻水をだーだー垂らしはじめた。きたねえな、と思いつつも、その肩を抱いた。

「うん。よしよし、良い子、良い子」

やっと言えた。頬にふわふわした鈴菜の髪が触れる。鈴菜。鈴菜。何度も、その名を呼んだ。

鈴菜。わたしのかわいい妹。

わたしの良い子。

春休みに入る直前、静原たちを見た。愛結ちゃんをはさんで、三人で手を繋いで歩いていた。

声はかけなかった。自分の家族に注ぐ静原の表情はやわらかく、三人の姿はなんだか、一枚の美しい絵のように見えた。

わたしはしばらくそこに立って、三人が歩いていくのを見守った。

「こうしたらこう育つ」なんて明確なルールがあるわけじゃない。子どもと相対する時は、いつだって手さぐりだ。

たぶん誰もが「どうしよう」とか「わからない」とか「もういやだ」とか、そんな気持ちを腕いっぱいに抱えて歩いている。後戻りができないことをみんな知っている。

だから、進むしかない。

鈴菜はもうすぐ、アパートの隣の部屋に引っ越してくる。朔は二年生になったら、わたしとでも鈴菜とでもなく、ひとりで寝ると決めているらしい。

高雄は本社に異動の希望を出していたが、今年も通らなかったという。もうちょっとこっちでがんばることになりそう、とやや関西なまりの発音で言って、電話口でひとり照れていた。

始業式の朝、朔が下駄箱でごそごそしていると思ったら、長靴を引っぱりだしていた。

「これなに？」

大きめのサイズを買って準備していた、あの長靴だった。

足を入れてみると、ぴったりだという。これを履けるのはまだ先だと思っていたのに。

「履いていきたい」

「いや、今日は晴れてるから」

ほら、遅刻するよ。行こう。背中を軽く叩いて、ドアを開けた。まぶしさに、軽く目が痛くなる。

階段をおりて歩き出した朔が、わたしを振り返る。繋いでいた手が離れる。

「ん？　どうした？」

「ひとりで行く」

「え」

「行ってみる」

朔のランドセルが揺れる。歩き出すと、側面につけた鈴が鳴った。朝の、すこしひんやりした空気の中を、朔が進んでいく。ランドセルは、小さな身体にはあいかわらず大きすぎるけれども、一年前よりはずいぶんなじんでいる。

「行ってらっしゃい」

言いたいことが、ほんとうは、たくさんあった。でも、なんでもないことみたいに送り出すほうが、きっといい。一度だけ振り返った朔の顔が、ほんのすこし緊張しているのがわかった。わたしはわたしで、こっそり後をついていきたくなる気持ちをこらえるのに必死だ。

「気をつけて」

朔の後ろ姿を見守るわたしは、知らない人の目には母親のようにうつるかもしれない。でもそれは、今のわたしにとってはもうどうでもいいことだった。他人の目にどううつろうが、スペアだろうがなんだろうが、わたしの思いも願いも、変わらないから。母親だろうがそれ以外だろうが、歩いていく子の後ろ姿をただ、見送ることしかできないことには、かわりないのだから。

ポケットに手を入れたら、なにかかたいものに触れた。白くて丸い、小さな石だった。保育園児の頃に朔が拾った石。いつのまにこんなところに入れたんだろう。みるみるうちに、朔がわたしから遠ざかっていく。前に、前に。ゆっくりと、でもたしかに、進んでいく。

風が吹いて、木々の高い枝から雀《すずめ》がいっせいに飛び立った。羽ばたく音は、祝福の音楽のように美しく力強く響く。

解説　共感とは呼べないが、気持ちを揺さぶるなにか

村中直人

小山椿《こやまつばき》さんを私たちの座談会にお招きし、ともに語ってみたい。そうだな。例えばテーマは「〈標準モデル〉の強制圧力について」とか「私たちを困惑させる〈建前〉とどうつきあえばいいのか」なんかがいいかもしれない。きっととても盛り上がるだろう。私たちだけではもったいないから、twitterのスペース機能を使って公開でやるのもいいかもしれない。おそらくたくさんの人たちが聞きに来てくれるはずだ。

『わたしの良い子』を読みながら、自然にそんなことを考えている自分に気づいてふっと笑ってしまった。それくらいこの物語は私にとって「生々しい」。きっと私は今までの人生の中ですでに「小山椿」に何度も出会っている。子どもの時の椿ちゃんかもしれないし、大学生の椿先輩かもしれない。子育てに悩む椿母さんに出会ったこともあるように思う。もう少し具体的に言うなら、彼女の思考や価値観の裏側に感じら

れる規則性や論理が、私にとってはごく身近なもののように思えるのだ。

そう考えると、ふと不安になる。

読者は一体この物語の誰に感情移入し、共感しながら読むのだろうか？　送っていただいた本書の単行本版の帯には『女性共感率Ｎｏ１．寺地はるなの意欲作！』と書いてあった。私に解説を書いて欲しいと依頼した勇気ある著者は、どうやら多くの女性に共感される物語を書く作家らしい。ということは世の多くの読者は、この物語の主人公である椿の一人称の語りに「共感」しながら読むのだろうか？

私には、そんなことが起こるとにわかには信じられない。

きっとほとんどの読者は、椿の思考や発想を「理解」しようと必死で頭を働かせ、少しでも自分と似ている部分を見つけては小さな安堵《あんど》を感じる体験をしたはずだ。それはつまり、自分と似ていない人をなんとか受け入れようとする時に人間がする努力の過程だ。ひねくれた考えかもしれないが、私のように椿の思考過程を逐一「そう考えますよね。そりゃそうだ」と頷《うなず》きながら読む人間は相当なマイノリティ（少数派）なのだと思っている。

先に懺悔《ざんげ》をしておくと、私は普段小説を読まない。今までの数少ない読書体験も、史実にフィクションを重ねた歴史物か魔法と剣のファンタジーにほぼ限られる。つまり何が言いたいかというと、「共感される小説」について、私の理解が根本的に誤っている可能性は高い。さらに、私は著者の他の作品を読んでおらず、この作品が著者にとって異色なのか、それともいつものテイストなのかすらも知らない。しかしそれらの事実を差し引いても、この物語の主人公が、「共感」されることにあまりにも向いていない人物であることくらいはわかる。

「信頼というか、高雄《たかお》の過去のデータから推測しただけです」

六年付き合った恋人の浮気相手かもしれない女性の宣戦布告に対し、淡々《たんたん》とこう述べる主人公に「わかる。きっと私もそう言う」と感じる人は、相当に少ないはずだ。椿自身が述べているように、椿は自分の願望やパートナーへの信頼ではなく、事実に基づく推論を述べている。「プラスチックのコップを落としても割れません」と言っているのとあまり変わらないのだ。自分にとって重要な人のことを、まるで「モノ」の特徴を述べるかのように感情を交えず話す人はあまりいない。まして色恋がらみの修羅場《しゅらば》においては。人間は自分と似ている人や体験に共感する傾向があることを考えると、椿に共感しながら本書を読む人は少ないはずだという、先の私の結論にたどり着く。読者の共感を得ることを目的にするなら、こんなレアな感性を持つ人を主人公にしてはいけない。

　しかしながら、そんな共感に向かない人物が主人公の本書は、読み手の感情を強く揺さぶる物語であるとも同時に思う。それは厳密には共感と呼べるものではないのかもしれないが、人間にとって普遍性のあるものだと思う。なぜそう感じるのか、ここから少し本来の趣旨《しゅし》である「解説」らしきことを書こう。

　最もありふれているはずなのに、どこにも存在しない「ノーマ」という女性をご存じだろうか？

ノーマは一九四〇年代にアメリカで作られた石像につけられた名前である。たくさんのアメリカ人女性の身体データをもとに、すべてにおいて平均値のプロポーションを持つ全身像としてノーマは作られた。当時の人たちは平均値の集合体であるノーマに神秘的な意味を感じ、そこに「真のアメリカ女性」を見いだそうとしたようだ。そして「ノーマ」を探す大規模なイベントを開催した。九つの代表的なプロポーションの数値がノーマと同じ女性を見つけて表彰することにしたのだ。当初、この競争はミリ単位の熾烈《しれつ》な争いになると予想されていた。

けれど、「ノーマ」はどこにもいなかった。

熾烈な優勝争いどころか、九つの数値がすべて「平均域（平均値からある程度の範囲）」にある女性が一人もいなかったのだ。そこで主催者《しゅさいしゃ》は仕方なく、五つまで対象数値を減らして優勝者を決定した。イベントがあまり盛り上がらなかったであろうことは、想像に難くない。「ノーマ」がたくさんいるはずだという素朴《そぼく》な考えが、完全に誤《あやま》りだったことが突きつけられたからだ。

この逸話《いつわ》が私たちに教えてくれるのは、「普通の人」という発想や概念がいかに無意味な幻想であるかだと私は思っている。身体的なプロポーションですらどこにも「すべてが平均的な人（平均人）」は存在していない。ましてや、思考や感情や性格、そして認知と呼ばれる人の情報処理の個性や癖《くせ》について言うなら、「平均人」はおろか「概《おおむ》ねにおいて全部が普通の範疇《はんちゅう》の人」すら実は存在していないと考えるべきなのだろう。

けれど、私を含めた現代人の多くはこの「ノーマの幻想」に根深くとらわれて生きているように思う。ありのままでありたい、何にもとらわれずに生きたいと願いながら、でもどこかでやっぱり「平均」と比較することから逃れられずにいる。試験があれば「せめて平均点は取りたい」と願うし、「〇歳になると〇〇ができるようになります」といわれてしまうと、できていないわが子が心配で仕方なくなる。半数以上の人が自分の容姿や能力を「平均より少しだけ上」と考えているという笑えない話もよく知られている。

「ずれてる、っていうのは穂積《ほづみ》が、標準モデルがいると仮定しているからでしょ。でもほんとは、いないんだよ。そんなのどこにも」

椿は明らかに「ノーマは存在しない」ことを知っている。

もちろん、椿がノーマに関する歴史上の逸話を知っているわけではないだろう。本作中には描かれていない、幼少期からの育ちの中で実感として学んできたのだ。それはきっと彼女自身が、多くの場面でマイノリティな存在であったことが背景にあるように思う。少数派の考え方や価値観、行動規範で生きている人は、少なからずマジョリティ（多数派）からの「あるべき姿」「当然とされる感じ方、価値観」への同調圧力にさらされながら生きている。「ごめんね、いいよ」は今でもありふれた教育手法だし、サンタがいないと知ったときのショックを気にして、子どもに本当のことを言うのをためらう親のほうが圧倒的に多い。こういった多数派の価値観を、無邪気《むじゃき》にみんなにとっての「当たり前」「あるべき姿」と考えることをよしとすると、それは時に暴力的な意味を持つ。それに馴染《なじ》まない人たちは、「ノーマになりなさい。出来ないなら少しでも近づけるように努力しなさい」と言われながら育つことになるのだ。

だから椿は「普通」という概念に強く抗う気持ちを持ちながら生きている。本作の中にも、「普通」「常識」「当たり前」への違和感を述べる一人語りが何度となく描かれている。それはきっともうすでに、彼女の中にある確固たる哲学であり、生きていく上での指針なのだろう。

どうして。どうして。
どうしてちゃんとできないの?
他の子みたいに。

「鈴菜は母親でしょ」
「お姉ちゃんのほうがよっぽど『母親』に向いているのかもね」
「そうね」

この物語の核心《かくしん》は、そして読み手の気持ちを揺さぶる震源地は、人間の抱える「矛《む》盾《じゅん》」を丁寧に描き出しているところにあると私は思う。もう少し踏み込んで言うならば、己に矛盾せずには生きていけない人間の悲しみや苦しみの話だ。それはきっと、ほんとはみんなそうなんだ。他でもない自分自身が大事にしている価値観や、正しいと思っている「答え」から、みんなどこかではみ出しながら生きている。けれど、そのことを突きつけられる瞬間はやっぱりとても苦しい。認めることが怖くもある。自分で自分の首を絞めているような、自分の存在を自分で消し去ろうとしているような、そんな感覚と向き合わないといけないからだ。自分をぶん殴《なぐ》りたい経験は、きっとあなたにもあるだろう。もちろん私にも数え切れないほどあったし、未だにその矛盾から解放されたとも思えない。

この物語は椿が、ずっと否定してきた「良い子」という言葉を「わたしの良い子」と捉《とら》えなおし、世界が少し違って感じ始めるところで終わっている。なんて美しい結末だろう。願わくば、受け入れがたい「みんなの普通」の幻想を、みんなが「わたしの普通」と捉えなおすことができますように。

（むらなか・なおと　臨床心理士）

『わたしの良い子』二〇一九年九月　中央公論新社刊

この作品はフィクションです。実在する人物、団体等とは一切関係ありません。

中公文庫

わたしの良《い》い子《こ》

2022年9月25日　初版発行

著　者　寺《てら》地《ち》はるな

発行者　安部順一

発行所　中央公論新社
〒100-8152　東京都千代田区大手町1-7-1
電話　販売 03-5299-1730　編集 03-5299-1890
URL https://www.chuko.co.jp/

ＤＴＰ　平面惑星
印　刷　大日本印刷
製　本　大日本印刷

Published by CHUOKORON-SHINSHA, INC.
Printed in Japan　ISBN978-4-12-207262-6 C1193